言葉果つるところ 新版

石牟礼道子
鶴見和子
新版序＝赤坂憲雄・赤坂真理

藤原書店

〈本書を推す〉

じゃなかしゃば、あるいは、はらいそ《天国》

赤坂真理

言葉果つるところまで行ったことがある。とても病んだ時に。人格と思ってきたものなどは儚《はかな》いと知った。でもその下に「いのち」というものがある。言葉が出てこなくて、感情も出てこなくて、しかしいのちはただ生きている。いのちは、防備もなくむき出しで。その頃たったひとつ持っていたのが『苦海浄土　全三部』（藤原書店）を読んでその解説を書く仕事だった。その後、石牟礼道子その人と邂逅した。

鶴見和子は病を得て、言葉果つるところまで行った。そして体の自由が自分から奪われた時に、かつて学問のために封印した「歌」が、鶴見に訪れたという。鶴見がやりたいと思ったわけではない。歌の方から、彼女に来たのだ。それが彼女のいのちの言葉だった。この話は、免疫学者で詩人の多田富雄を思い起こさせる。脳梗塞で倒れた後、多田は半身不随の体の中で目覚め、新しい人間となり、そこに、若き日に学問のために封印した詩が降ってきた。

石牟礼道子は、水俣病を前に、既存の言葉や宗教の無力をさとった。

石牟礼道子のお墓ができたと聞き、熊本市の真宗寺に赴き、同行の芸能一座は本堂で「六道御前」の奉納をした。亡くなる約二週間前の渡辺京二が観てくれた。真宗寺は石牟礼道子が一時期身を寄せた場所でもある。真宗寺の庭をみた時、庭を掃除する彼女の姿が浮かんだ。彼女は木々や石や苔や落ち葉やすべてを名もない神のように敬うように愛でただろう。彼女は出家者に近かった、という感慨にそのとき打たれた。だからこそ、作品に満ちるあの光なのだ。出家者ということは、死ぬ前に一度死んだということだ。だとしたら、すでに死んだ者をもう一度葬るとは、それは直線的でなく循環的な死だ。

墓は墓地にはなく寺の境内にある。石の小さな碑があり「夢劫」という直筆文字が刻まれている。それは戒名のようで戒名とも違う。存在そのものを文字で表すとこんな感じである、名は体を表すものそのもの。矛盾のような言葉だ。夢にして劫、儚く永劫。それは、父母未生以前の本来の面目、という禅の言葉を思い出させる。束の間顕れているこのかたちと、それが生まれる前にも滅びた後にも、在りて在るもの。だとしたら、それは個人の墓というよりは、森羅万象を祀った祠や道祖神に近い。かたちも道祖神のようである。それ自体が、アニミズム世界を思い出させるよすがなのではあるまいか。

対話の中で鶴見和子は言う、

「水俣は始まり。国家を超えていくことが始まり。人間は自然の一部だけれど、人間と虫とはやっぱり違う種なのよね。違うものが同じになっちゃいけない」。

国家を超えて、どこへ行くのか。自然の一部として、同時に国に属すような生き方はできるのか。そのとき国はどんなものか。宗教はどう、超越を直観しながら、排他的にならずにいられるか。一神教的世界と、万物が神である多神教は相入れるのかと、数多の者たちが議論してきた。

チッソ本社前で座り込みをしている時に原城の立てこもりのことが浮かんだ、と石牟礼道子は言う。〝近代は島原の乱から始まる〟という彼女の視座から見たときに、国のかたちは不意によく見えるようになる。江戸幕府が島原の乱に見たものは、信仰という、国家を超える可能性を持つものだった。そのとき初めて、「国家意識」が江戸幕府に発動したのではないだろうか。明治の「国民国家」に先駆ける国民国家の意識、そしてそれを守る必要性。ゆえに、辺境の民衆暴動に、幕府は一二万もの大軍を差し向ける。国家を超えるものへの恐怖や防衛が、そうさせたのではないだろうか。そして島原の乱が鎖国の誘因と言われている。見ようによっては、鎖国があったから、明治に国民国家というものがすぐに作れた。すでに、国のかたちができていたから。国の輪郭ははっきりと決まり、人の出入りは把握され管理され、異国異文化は極力、入ってこなかった。管理と上位下達が徹底した封建社会でつくられた国は、全体主義的国民国家にしやすい。インスタントに国民国家にしやすい国は、準備されていた。そこに擬似的な「絶対」存在が仕立てられてできあがり。

しかし水俣病の当事者は言うのだ、「東京タワーにも登ってみた。宮城（※皇居）の前にも行ってみたがなあ、国はなかったばい」。

深い言葉だ。国家と言わず、国。そして本当は「くに」なのだ。その「くに」とは、虫と人間が違うものとして存在し、虫は虫のリズムで巡り季節を知らせ、それとともに人が動き生きるような風土ではないだろうか。『苦海浄土』には、春になると蜂たちが帰ってきて、それとともに義春が帰ってくる、と、恋人に会いに行くように田上義春に会いに行く石牟礼道子が描かれている。読むだけで風に乗った蜜の匂いがする。そのような生き方ができた「くに」こそが「じゃなかしゃば」、ではないだろうか。「じゃなかしゃば」は、ここではないどこか、ではない。「この世の中のもう一つの世」、と石牟礼は鶴見との対話の中で言う。だとしたらそれは宗教的境地だ。そしてそれは、新しく見つけるよりは本来の世界ではないだろうか。「あるべき自然があって、あまり意を用いなくても草木がどんどん育ってくれて、そして季節がめぐってくるというのも、文字で書いた暦がなくても、ああ、もう磯の岩のりが緑になって春がきたと思えるような、まったく無意識層のようになっている大自然。来る年も来る年も、ああ花が美しいって、それで心映えもよくなるばかりで、それが当たり前というか、そうあって当たり前だった」。超越を志向しながら循環するような、絶対とアニミズムが習合するところ、それが「じゃなかしゃば」。

「じゃなかしゃば」は実は水俣病運動の中でわかりにくい言葉だった。この本を読んで初めてわかった。それは超越的な神と地上の現実が、ともに手を携え浸透し合うように循環する世界で、幾多の宗教論争はここにあっさりと超えられているのだ。超越がなければ現象もなく、現象がなければ超越も空しい。ここここそが天国で、地は天に憧れ天は地を羨み愛でる。そんな世界。

まったく違う道すじを通ってきた二人の女が、ともに言葉果つるところまで行き、そこから蘇り、全く新しい人間となり、違う資質で同じことを見、語って、くにや宗教について、かつて誰も到達しなかったような深みと高みに達する。どんな宗教者にもなしえなかった凄いことを、丸い言葉で話して、女学生のように笑いさざめいている。

（あかさか・まり／作家）

〈本書を推す〉

ただ感謝の思いを

赤坂憲雄

稀有にして、異例でもある対談、いや対話であったかと思う。言葉をめぐって、問われるべき極限の場所で、それゆえに、まさに「言葉果つるところ」で言葉が交わされている。この対話はそうして、執拗に「言葉果つるところから出発する」ことを願いながら、その根源的な不可能性に向けて身や心をほとんど叩きつけるように挑み、そのたびに跳ねかえされ、避けがたい挫折を幾度となく繰り返している。その姿は無惨な戦いのように見えはするが、それ以上にありがたく尊いものに感じられて、魂を揺さぶられずにはいない。

すくなくとも鶴見和子さんにとって、この対話はいわば、石牟礼道子という作家と水俣という土地を鏡として、みずからをもっとも深く根源的な場所から映しだす試みとならざるを得なかったにちがいない。鶴見さんが「言葉果つるところで何が伝えられるか」という問いを起点にして、石牟礼さんとの対話を始めたのは、なぜか。脳出血で倒れて「異形の者」となり、「言葉果つるところ」に身を移しながら、それなのに、言葉のおかげでうつし世へと還ってきてしまった。あの晩、歌をずっと作っていなかったら、「あのまま私、死んでた」という壮絶な体験のゆえに。言葉で伝えられなかったら、なんで伝えるのか。言葉によって伝えられぬものを伝えるためにこそ、歌があった。しかも、歌はそもそも言葉である、という残酷なアイロニーを抱いた逆説。とはいえ、その前に立ちすくんではいられない。それは読む言葉ではなく、歌う言葉であり、鶴見さんはその歌う言葉によって、この世の縁に繋ぎ止められたのだ。そして、異形の身になったがゆえに、もはや、「歌によって思想を表現する」以外に方法はなかった、いや、生きる術がなかったというべきか。

鶴見さんは途方に暮れていたのかもしれない。だから、ほかならぬ石牟礼さんとの対話が求められたのではなかったか。

こんな言葉があった。

呼びかけ。息づきあうというのが一番の生命と生命のふれあいだけれど、それを言葉で伝えようとする。そのときにもう裏切られる。その次にそれをもっと多くの人に伝えようと思って、文字にする。そうすると次の裏切りが起こる（略）。

言葉は裏切りにまみれている。言葉が文字として書かれる、いや、そのはるか手前で話し言葉として発せられた瞬間に、すでに人は裏切られているのだ。人は言葉なしには人たり得ず、それでいて、人はみずからの発する言葉によって世界から逸らされ、隔てられ、遠ざけられる。それを、鶴見さんはとりあえず裏切りと呼んだ。この裏切りを痛切に自覚することなしには、言葉をくり出すことはできない。だから、鶴見さんは「言葉のない世界」をもっとも深いところに抱いている水俣へと、石牟礼道子さんによって導かれねばならなかった。感謝の思いを、幾度でも伝えずにはいられなかった。それにたいして、石牟礼さんが「もだえて加勢する」という言葉を洩らすのは、なんとも絶妙な応答ではなかったか。

そして、鶴見さんは石牟礼文学を再発見する。すなわち、「言葉果てたるところから文学が出発する、そして文学は言葉果つるところに到達する、かつそこが出発点になる」と。それが『苦海浄土』であり、『アニマの鳥』(『春の城』)であった。言葉が果てるとき、それを乗り越える言葉が姿をあらわす。それは「言葉をつくりかえていく言葉」だ。たとえば、石牟礼さんの文学の言葉こそが、そうした新しい言葉だ、そう、鶴見さんはいう。

石牟礼さんは、こう語っている。

鳥のさえずりのような気配が言葉を出せない胎児性の子供たちのなかにあるんですよね。魚がこういうふうに泳いでいるような、喜んでさざ波を立ててるような、気配に満ち満ちているんです。

ここに、「こういうふうに」という言葉が消されずに残されていることに、喜びを覚える。石牟礼さんの語りながらの仕草が偲ばれる。胎児性水俣病の子どもたちのなかには、言葉はなく、しかし、鳥が囀るような、魚が泳ぐような気配が満ち満ちているのだ、という。まさに、鶴見さんが語った「言葉のない世界」について、石牟礼さんはもだえ神となって加勢しながら、なんとも美しい言葉をもって表現している。

たとえば、石牟礼さんは『苦海浄土』の第三章「ゆき女きき書」の一節に、水俣病の患者さんの言葉を生き生きと書き留めている。それはしかし、いわゆる聞き書きの所産として残された、患者さんの言葉ではなかったのだ。石牟礼さんはただ、鳥が囀るような、魚が泳ぐような気配を言葉にすることを願い、それを宝石のかけらのように残した。まさしく、『苦海浄土』は「言葉果つるところ」において生まれ、とりあえず小説という衣裳をまとった「作品」だったのである。

ところで、鶴見さんは内発的発展論について、「私の魂から内発的に出て来たもの」ではない、それは「述べる言葉」として出てきた、とみずから語っている。論文を書くときは、英語で考えて、それを翻訳して書いている、という一文がさりげなく挿入されていたことも忘れられない。石牟礼さんは〈述べる〉と〈歌う〉の違いを指摘しながら、人間は〈述べる人〉と〈歌う人〉〈舞う人〉に分かれる、という。そのとき眼の前にいたのは、いわば、洋風の四角い言葉をあやつる〈述べる人〉でありながら、言葉の果てる荒野に追放されて、〈歌う人〉として黄泉還りした「異形の者」であった。

くりかえすが、ありがたき対話の書であった。ただ、心からの感謝の思いを、お二人に届けたい。

（あかさか・のりお／民俗学者）

言葉果つるところ〈新版〉

目次

収　録＝二〇〇〇年三月二十四日―二十五日、
　　　　六月二日―三日
於　　＝京都ゆうゆうの里

言葉果つるところ

新版

◉一九七六年、水俣病調査団の一員として水俣入りした鶴見和子は、石牟礼道子に迎えられ、その後新たな社会理論のパラダイムを模索してゆく好機をえた。この水俣での「開眼」は、のち「内発的発展論」として結実することになる。

◉石牟礼道子は谷川雁らの「サークル村」への参加などを経て、六九年に水俣病患者のいわれなき苦しみを静謐な筆致で描いた名著『苦海浄土』を出版。以後も患者らとの「自主交渉」に参加し、作家活動でも水俣病問題に精力的に関わってきた。

◉二人の出会いから二〇年を経た九五年十二月二十四日、鶴見和子は脳出血に斃れ左片麻痺となるが、半世紀ぶりに噴き出した短歌を歌集『回生』として自費出版。その後、著作集『コレクション鶴見和子曼荼羅』（全九巻）を刊行（九七年発刊、九九年完結）。

◉二〇〇〇年三月から六月にかけて行われたこの対談は、両者が近代化論に疑問を抱いてゆく過程から、アニミズム、魂、言葉と歌、そして「言葉なき世界」まで果てしなく拡がり、二人の小宇宙がからみあいながらとどまるところなく続いた。

第1場

出会い――水俣へ

はじめての水俣入り

――まずお二人の出会い、またその出会いの深まりについて、鶴見先生からお話しいただき、それから石牟礼さんからもいろんな話をしていただけたらと思います。

◆**鶴見**　一九七六年に、近代化論再検討研究会◆のメンバーとともに、不知火海総合学術調査団といういかめしい名前の調査団を作った。団長は歴史家の色川大吉さんで、そのなかに社会科学者も自然科学者も入って、私もその一人として入れていただいた。そうして水俣の調査に――私はそういうふうに言いたくなくて、水俣の人々に教えを乞いに行った、そういうふうに言いたいんですけれども――、川崎港から船に乗って、日向行きのカーフェリーに乗った。それが一九七六年三月二十八日。春よ。菜の花が咲いてた。そうして二十九日に水俣入りしたのよ。それで石牟礼道子さんのお宅にて魂入れ式を行った。これだ、出会いは。

　不知火海総合学術調査団は、社会科学と自然科学との両方から水俣を見ようというので、日向に向かった。だから天孫降臨だといって大笑いしたんだけれど。そして翌二十九日の夜、水俣入りした。そうしてその夜に石牟礼道子さんのお宅に招かれて、そこで魂入れ式というのが行われた。アニマよ。というのはね、都会にいるとアニマが飛んでいっちゃって、魂の脱《ぬ》け殻《がら》みたいだから、魂を一人一人ていねいに入れてやろうという儀式が石牟礼道子さん宅で行われた。その時はね、石牟礼道子さんのお母さまがまだお元気だった。とってもお料理がお上手なの。それでいま海からとってきた魚です、これは貝です、これは畑からとってきた菜っ葉ですという、もう採れたての新鮮な海の幸、山の幸を持ってきて、手料理でもてなして下さった。そして水俣のお酒が出る。お酒がでて、一晩中いただいているうちに、道子さんが一人一人に魂を入れてくださった。これが最初の出会いでございます。

石牟礼 そんな、魂を入れるなんて、そんなものものしいんじゃないんですよ。私どものところでは何かちょっと目新しいこととか、いままでやってきたことをやり直すようなとき、お酒の座を設けるときのあいさつに、いまから魂入れしましょうかといって、そしてみんな微笑して、一種の枕詞《まくらことば》みたいにいうんですよ（笑）。しかしやっぱり気持ちはお互いに魂を入れなおしてやろうやという、ちょっとあらたまったような気持ちで申し上げるんですよ。私とす

◆**近代化論再検討研究会** 一九六九年、上智大学国際関係研究所内に発足した研究プロジェクト。社会理論の新たなパラダイムを共同研究しようというもの。鶴見和子、市井三郎、三輪公忠、山田慶兒らがいた。

◆**不知火海総合学術調査団** 一九七六年、「近代化論再検討研究会」のメンバーを軸に発足。社会科学班として色川大吉、鶴見和子、宗像巌、小島麗逸、菊地昌典、水野公寿、綿貫礼子、櫻井德太郎、原田正純、日高六郎、山田慶兒。事務局担当は羽賀しげ子。医学班は原田正純をリーダーとして、この年から活動を開始。

れば、日向をめざして皆さまが船旅で、遠いところをわざわざ来ていただくわけですから、なんとしてお出迎えしようかと思って、そういう形にしましたんです。まだ母が生きておりましたから、お料理が上手とおっしゃいましても、ほんとに田舎料理でしてね。

鶴見　ほんとに心のこもったお料理で、もう堪能いたしました。

石牟礼　田舎料理をおいしいおいしいといって食べていただきましたから、母はとっても喜びましてね。調査団の方々をその後も、お待ち申し上げててね。

鶴見　もう水俣に行くたびに魂を入れていただいた。都会へ行くと魂が抜けてっちゃうものだからね。水俣に行くたびに新しく魂を入れていただいたから、どれだけ私が、何回も蘇ったか。われは蘇《よみがえ》りなりというけれど、何回蘇ったかもうわからないわね。

石牟礼　私の家でも大変ありがたく思って、ないものでもお出ししたいという気持ちでしてね。ありがたいことでございました。

鶴見　本当にありがたい。それが出会いですからね。一九七六年だから、二十四年前ですね。二十四年前の春、三月。潮干狩りのころでした。潮干狩りにも連れていっていただきましたね。そういうのを度重ねて、次第に水俣の人々と引き合わせてくださったの。だから、私たちは三月二十九日の夜、石牟礼家に草鞋《わらじ》を脱いだんです。だから石牟礼さんは草鞋親《わらじおや》。◆この人の家に行ったらお話が聞けますよというお家を、次々に紹介してくださった。こういうとてもいい仲立ちがいなければ、私たちは村に入ることはできない。日本の村というのは、とても閉じた村だと思ってたけれど、石牟礼さんというシャーマンがそこに仲立ちしてくださった。仲人がよかったために私たちは水俣に入れた。水俣との出会いは、石牟礼さんを仲立ちにしたということが、私たちのしあわせだった。

訪問先をまちがえる

石牟礼　先生がご訪問先をまちがえて反対側のお家かなんかに行かれて……。

鶴見　右側の家へ行くべきが左側の家へ行っちゃってね。「こんばんは」っていったら、向こうは真っ裸。びっくりしたのよ。でも、「どうぞどうぞ」って入れてくれるんだものね。

石牟礼　そこが先生のお人柄です。

鶴見　私の人柄じゃないわよ、向こうのお人柄よ。それでね、てっきりこの人と約束したんだと思って、べらべらしゃべって、「また来いよ」って帰りに言われた。それで帰ってきたら、お電話がかかってまして、どうしていらっしゃらないんですかって、もう一方の、反対側の家から電話がかかってた。あれは驚いたわね。ひどい話よ、ほんとに。だから私はこういう失敗

◆**草鞋親**　他所から転入してきた家の「村入り《むらいり》」に際して、村内の人間を保証人にたて、その人の紹介と保証で加入するのが一般的であるが、この保証人のことをいう。

ばっかりやってた。

石牟礼　いや、よかったです、とても。その向こう側の家の、先生を迎えたおじいさんも、世にも田舎離れした何だか見たことのない美女が、突然現れて、なんというか、眼福《がんぷく》、目のしあわせ（笑）。

鶴見　そうして急にべらべらしゃべりはじめたのよ。でも向こうもちゃんと応対してくださった。だからけっして閉ざされた部落なんていうものじゃない。ほんとに開かれている。だって急に行って、あなたの身の上話してくださいって言ったら、身の上話をしてくれるんだもの。すごいもんだ。

石牟礼　あれは夢ではなかったかって、おじいさんが。

鶴見　私はあれは夢にちがいないと。ほんとよ、そういうバカな女なのよ、だから。

石牟礼　いえいえ。ああいう芸当は和子先生じゃないとできないねって、先生方がおっしゃってました。

鶴見　芸当じゃないのよ。これが私の本性なの。それが出会いのはじまり。

石牟礼　いく度も来ていただいたんですけれども、非常にまれにおいでになれないご理由があって、いらっしゃらないときもあったんです。そういうときは大変さびしい。「和子先生は」ってきくんです。そうすると、先生方がすまなさそうに、「いやあ、あの人はもういろんなご用があって、今度は来れないんですよ」っておっしゃるのね。だけど、存在が華やかですからね。なんていうか、いらしていただいたときはとてもぱあっと花が灯ったようになって、非常にうれしくて。お書きになっていらっしゃいますけど、調査団で、私たち何しに水俣に来たんだろうって。お酒を飲んだりして内輪喧嘩がはじまったりして、そういう雰囲気の場もちょっと覗いていたようなときもありましてね。それで皆さんといっしょに落ちこんでいらっしゃるなかにも、気力のある白いお顔をあげて、これじゃいけないって。ほとんど、男先生たちを奮い立たせるのはいつも和子先生だったような気がするんですけど。たぶんそういうふうだったと思うんですが……。

鶴見　最初はそうだったんです。そのうちに立ち直ってきたのはどうしてかというと、調査団の羽賀しげ子さんが一生懸命になって一人一人日程を作ってくれる。今日はどこへ行きますか、だれのところへ何時に行きますかって、こう言われるでしょう。そうすると追い立てられるように、そこの家へ行く。そうしてお話をうかがうと、すっとこっちへ入ってくる。つまり、私たちがここへ来たのは、この方たちのお話を聞いて、私たちが魂を入れ替える、教えていただく、そのために来たんだ、ということがだんだん話を聞いてるうちにわかってくる。それで元気になった。私はそうだわ。

石牟礼　私もそうですね。なんだかいかにも外側から加勢をする人間のように見られているんだけど、じつはそうじゃなくて、あれほどまでの受難のなかで、あの人たちがしきりに何かを訴えていることは、私たちを助けてくださいということじゃないんですよね。私もそれで、ああ、この人たちはこんなふうに、人間のつくり出した負荷をぜんぶ背負って立ってるのに、私なんかへなへな、いつもしてるから、それでいてはいけない、と気力を奮い起こすというか、命を奮い起こすというか、それでやってきて、そういうふうに感じる人がやっぱり一人一人出てきたんですね。そういう側に立てる人たちというのがほしい。

鶴見　それでね、話を聞きに行かないで家にいて落ちこんでいる人は、ますます落ちこんだ。だから積極的に行って、ぶつかって、お話を聞いてくると、こっちが元気になるのよ、不思議に。

石牟礼　ほんとにそうですね。

天草の一夜

鶴見　それで私もずっと通いつづけた。そして天草は牛深《うしぶか》だったかしら。

石牟礼　牛深のもうちょっと先の、鹿児島県に近い、甑島《こしきしま》っていうところのそばでした。

鶴見　天草の一夜っていう、あれはよかったわね。石牟礼さんと、それから角田豊子さん、それから色川大吉さんと櫻井德太郎さんと私、そのぐらいだったわね。そうしてその晩にお酒を飲んで、ほんとに深い話を石牟礼さんから聞いて、そうして最後は何をやったかというと、ちょうど『アニマの鳥』◆で、最後の晩にお能を舞うでしょう、「松風村雨《まつかぜむらさめ》」。あの場面なの。櫻

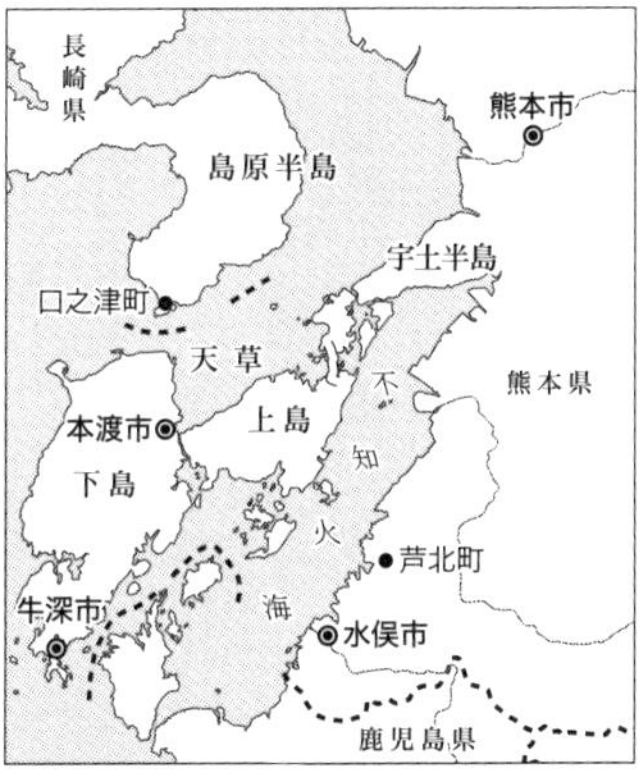

井徳太郎さんというあの謹厳な学者が、カッポレを踊った、佐渡おけさとどじょうすくいを踊った。浴衣着てるでしょう、みんな。そうして赤い手拭いを頭に被って、佐渡おけさを踊ったのよ。やっぱり民俗学者だからね。じつに色っぽい恰好で踊った。それにつられて、私は「娘道成寺《どうじょうじ》」かなんかをちょっと。鐘に怨みは数々ござる、というところを踊った。それは楽しかったわね、あの晩は。

石牟礼　私、弟子入りさせてくださいっていったの、覚えていらっしゃいます？

鶴見　覚えてない。だけど、何しろあのときに、石牟礼さんから、いままで聞かない、つまりもっと深いいろんな、なんというかな、ごたごたね。もうほんとにきれいごとではないのよね。おどろおどろしい、いろんな人間関係があるわけ。そういう問題をあのとき聞いた。それで踊りを踊った。おもしろかったね。

◆**『アニマの鳥』**　筑摩書房より一九九九年十一月刊行。その取材過程を綴った『煤の中のマリア』（平凡社、二〇〇一年二月刊行）と合わせて、『完本 春の城』として藤原書店より二〇一七年刊行。本書の鶴見和子による「あとがき」も参照。

石牟礼　おもしろうございました。それで身内というか、そういう気持ちにさせていただきました。

鶴見　そういうふうにしてだんだん交わりが深まっていった。そして私は、水俣の海辺にはたくさんのシャーマンがいて、そのシャーマンの代表が石牟礼さんという思いに達した。杉本栄子◆さんは、確かにはえぬきのシャーマン。だけどね、あの人だけでは魂の脱け殻になった人間には、まっすぐに通じない。やっぱり石牟礼さんがシャーマンのシャーマンとして外の世界に媒介しなきゃ通じない。そういうシャーマンのシャーマンのまたシャーマンって、折口信夫◆がいっている三番叟《さんばそう》と翁の関係というのはそこで成り立ってるんだと思う。翁のご神託をふつうの言葉で、ふつう日常みんなが使ってる言葉で伝える。ご神託だからむにゃむにゃいってるだけで、尊いらしいけれど何を言ってるかわからない。それを三番叟がみんなに伝える。そうするとまた次の三番叟が出てきて、これでもわからない場合は、もう一人出てくる。で、三番叟はずっとつながっていく。やっぱりシャーマンというのは、そういうふうなのかなと思った。だからあなたがいないと外の世界に通じない。

石牟礼　ただあのときは、いまむにゃむにゃとおっしゃいましたけれども、そのお取り次ぎをするだけでなくて、なぜ私は水俣のことに多少関わってるかということを……。

鶴見　多少じゃない、どっぷりよ（笑）。

石牟礼　やっぱり一番芯のところを、そこではこんなふうに生きてますって、生きてるものがここにいます、こんなふうに言ってる者がここにおりますって、身悶えを受けとってくださいという気持ちだったんだろうと思うんです、そのときの気持ちは。私もきれいごとをかなぐり捨てて、先生方に接したいという気持ちが吹き上げたんだと思います。

鶴見　よく呼んでくださったわ、われわれのような魂の脱け殻を（笑）。

石牟礼　いや、そんなふうにおっしゃらないでください。だって私は、何かある予兆というか、近代化の再検討という、近代化論の再検討をやろうじゃないかということがどうもはじまったらしいと思っていたんです。これはありがたいと。近代という概念も私は知りませんでしたけれど、日本の近代がはじまると同時に、人々が、個々の存在がどんなふうにいまの世の中に生きて、違和感を感じているかというのを非常に強く感じていまして、たくさん身の回りに考えさせる人たちがおりましたから、下層の人たちですけれど。それで炭鉱の問題も含めて、そのころ、産炭地の問題がありましたでしょう。流民型の労働者がさかんに放浪して……。そういうのも身の回りに起きてるわけですから、それで南九州、東北の方も含めて、人的資源を

◆**杉本栄子**（すぎもと・えいこ）一九三八～二〇〇八年。熊本県水俣市の網元の家に生まれ、三歳の頃から父親に漁を習う。両親、ご主人とともに水俣病患者。漁もリハビリのひとつと語り、家族とともに漁業を営むかたわら、生きることの尊さと水俣病に対する正しい認識を社会に伝えるため、地元水俣をはじめ全国で語り部として活動を続けた。

◆**折口信夫**（おりくち・しのぶ）一八八七～一九五三年。国文学者、歌人。筆名釈迢空《しゃくちょうくう》。

日本の産業資本が吸収しつつあるなって。そして社会の排泄物として、人間が廃棄物として捨てられているということもわかっていましたから、この世の中はなんだと思って、そうしたらどうも近代という概念があって、その仕組みの中で人間が動かされていくということは十分わかったので、これを実感として表現するには、何か理論的な根拠というか、そんなのをやってくれている人がいないか、対応させて考えたいと思っていたんです。そうしたら、『思想の科学◆』で『思想の冒険』(鶴見和子・市井三郎編、筑摩書房、一九七四年)の広告を見て、あっ、ここにいらっしゃるようだとひらめいて、その活字をぱっと、見出しだけですけれど、どなたが何を考えていらっしゃるのか、何をしてこられて、再検討ということにまでなっているのかなと思ったんです。しかし思い思っていると何かつながっていくんですね、そこへ。

鶴見　そうですね。私が上智大学の国際関係研究所に入ったときに一人一人研究プロジェクトを持ってよろしいというので、近代化論再検討研究会というのを作った。それで亡くなられた市井三郎◆さんや色川大吉◆さんや宇野重昭◆さんや櫻井徳太郎◆さんたちと、いっしょにそれをやってきて、やっと『思想の冒険』という本を出したところだった。さてこれからどうするかというときに、ここで理論的な仮説だけを立ててきたけれど、これはもう理論だけ、理屈だけなんだから、どこかへ行って、私たちの仮説を試してみたいといって、まず中国に行きたいと思った。亡くなられた菊地昌典◆さんが窓口になって、中国といろいろ掛け合ったけど、いまはまだその時期ではない、調査団をいま外から受け入れる時期ではないということが非常にはっきりわかった。それじゃあどうしようかといってるときに、色川さんが、水俣の石牟礼さんが来てもよろしい、とおっしゃってくださるけれど、どうしますっておっしゃったから、それじゃあ行きたいといって、それでおうかがいしたのよ。だから両方の願いがちょうどうまい具合に結びついたんですね。

石牟礼　私は切実に、近代化論を論というからには、それまで異論がいろいろあったんだろうと。学者さんたちがそういうことを考えているのか、これは助かると思いましてね。しかもそれを再検討するとおっしゃってるからには、一番内側のところに、いま思えば内発的とい

◆『思想の科学』　一九四六年五月、武谷三男、武田清子、都留重人、鶴見和子、鶴見俊輔、丸山真男、渡辺慧の創刊同人によって先駆社より刊行された思想雑誌。五〇年四月発行の最終号（第一次）において「思想の科学研究会」の設立が宣言された。『思想の科学』はその機関誌として講談社（一九五四―五五）、中央公論社（一九五九―六一）と発行所を変えて刊行された。六一年二月、思想の科学社を設立、以後一九九六年まで同社から刊行された。

◆市井三郎（いちい・さぶろう）一九二二～八九年。哲学者。元成蹊大学教授。

◆色川大吉（いろかわ・だいきち）一九二五～二〇二一年。日本史学者。民衆思想史研究。

◆宇野重昭（うの・しげあき）一九三〇～二〇一七年。政治学者。当時成蹊大学教授、のち島根県立大学長。

◆櫻井徳太郎（さくらい・とくたろう）一九一七～二〇〇七年。民俗学者。

◆菊地昌典（きくち・まさのり）一九三〇～九八年。近・現代ソ連・中国史家。当時東京大学教授。

うことですね。

鶴見　いや、それがね、だんだんに内発的発展論になっていくわけ。近代化論というのは、アメリカとかイギリスでできた理論で、外側から見てる。で、アメリカ近代化が一番進んだ近代化で、それから見ると、これはまだ遅れてる、これはゆがんでいるといって、こうやって比較する。そういうやり方ではだめなんじゃないか。こっち側からやっていかなくちゃだめなんじゃないか、ということで再検討という旗印を掲げたけど、理屈ではそういってても、実際にどうしたらいいかわからなかった。それで水俣へ行ってはじめてわかった。魂を入れていただいたから。だから水俣の方々の魂にふれて、ああ、ここにある、ということがはじめてわかった。

石牟礼　そのときの私の気持ちとしても、ここにあるじゃないかって、例えば思想という言葉を使うのは気恥ずかしいんですけれど、もう考えはじめておりますから。一番根元のところが、風土の一番、植物にたとえると、そこに木が生長する一番の土壌のところに何かきざしが、水俣の事件ですけれど、きざしがそこに明らかに見えるような形で出てきたわけですね。その根元は、じゃあ、どうしてそんなふうになっちゃったのか、そういう変質がはじまったのか、事柄が、原因が出てきたのか。

鶴見　私が知りたかったのは動機づけ。何がこの人たちをこのように動かしているかというう……。それがいろんな方と話してるうちに、おぼろげながら私に響いてきた。杉本栄子さんと話したり、川本輝夫◆さんと話したり、田上義春◆さんや、浜元二徳◆さん、そういう人たちと話してるうちに響いてきた。

石牟礼　でもほんとによくおつきあいいただいて……。私もそうなんですけれど、狭い田舎で、あんまり外へ行ったことございませんでしょう。はじめて患者さんがよそへ行ったのは熊本の裁判所でして、はじめて熊本市にバスで入ったとき、ほう、水俣の八幡さんの祭りよりも賑おうとるばい、熊本というところは、と患者さんたちがいうんです。もうめずらしいんです。みんな、私も含めてほんとに田舎の人間ですからね。見るもの聞くもの何でもめずらしい。それで先生方が来ていただいたのも、学者さんのみんなそろうてきなはるばい、どういうお顔の人たちや。目に見え、耳に聞こえる、そういう、まず学者さんというのを見たことないんですから。それがめずらしかったということも一つはあるんです。それはとっても地元の心を生き生きさせたというか……。

鶴見　学者はだめだっていうことをまずドカーンと考えていたもの、私たちは。

◆**川本輝夫**（かわもと・てるお）一九三一～九九年。水俣市月浦に生まれる。チッソ水俣病患者連盟委員長、水俣病現代の会会長、水俣市議会議員をつとめた。水俣病患者。
◆**田上義春**（たのうえ・よしはる）一九三〇～二〇〇二年。「本願の会」会員。水俣病患者。
◆**浜元二徳**（はまもと・つぎのり）一九三六年～。熊本県に生まれる。「本願の会」会員。水俣病患者。一九七二年、宇井純氏の発案でストックホルムの国連人間環境会議に公害被害者代表として参加。

石牟礼　いえいえ、そうじゃありません。徳富蘇峰◆さんは偉い人だけれど、みんな、私も見たことないんですよ。晩年に一度お帰りになったけれど、神様にしてますからね。学者さんと生身で向き合ったことがないんです。ですから生身で向き合える先生方が来てくださった。ほおうって。言葉も違いますしね。家々から首出して、どういうお人が来るかなって、ひそかに首さし出して待ってて、近づかれると引っ込みますけど。待ってたんです、みんな。穴ん中にこもって見てるんですよね。近づくとパッと引っ込んでしまうんですけれど、もう興味津々です。

◆**徳富蘇峰**（とくとみ・そほう）一八六三～一九五七年。水俣出身の新聞人、文筆家。一八八七年に民友社を創立、平民的欧化主義を旗印とする『国民之友』を発刊。九〇年には報道紙として新機軸を打ち出した『国民新聞』を創刊。大著『近世日本国民史』（全百巻）の他、『将来之日本』等。

第2場

息づきあう世界——短歌

歌という原点

鶴見　石牟礼さんが歌を詠まれるようになったきっかけは何ですか。

石牟礼　私、小学校に入って、文字があるというのを発見したんです。それは大変な驚きで歓びだったんです。それを綴り合わせると言葉になって、日常使ってる言葉にもすることができるし、出来事を再現することもできる。文字の中にこの世がもう一つあって、起き上がってくるというか、色がついてくるというか、非常に新鮮な驚きをおぼえました。小学一年生です。それで綴り方の時間が大好きで……。生まれて間もない頃に亡くなった叔父は書物神といわれていたそうですが、立派な書庫がありましたが、読むことを知らないうちに「差し押さえ」で持ってゆかれた。受持の先生はいい先生でした。ただほめてくださるんですけれど、それだけで書きたい書きたいと思って、何でも書いてましたけれど、そのうちに、十四、五歳ぐらいの時に、何を読んだんでしょうか、韻文で……。私たちの小さいころ、子どもの頃は家の手伝いをしてました。それで考えることと書くことは同時進行というわけには参りませんが、言葉は常に反芻しているんです。苛酷な現実を生きている下層社会に育ちましたので、なぜかなぜかと考えて、わかるために表現したい。どうして七・五調になったのか、……。

鶴見　あなたに歌の先生というのはあったの？

石牟礼　いいえ、小さい時はありませんでした。母が、そういえば、本なんか読めない人でしたけれど、農作業の時に麦踏みに連れて行って……。母が歌いながら農作業をするんです。いま思えば、それが五・七・五なんですね。麦踏みよりももっとおもしろかったのは、はっきり覚えているのは、豆を叩く時に、小豆を莢《さや》ごと収穫する時に……、小豆の莢をいっぱい積んで、筵《むしろ》の上に並べて、叩くんです。おひさまに干して。そうするとパンパンパンと豆が走りだす、はじけだすんですが、その時に、「あずきじょは、だんごのあんこになってもらうとぞ」って、母が歌うようにいうんですね。この「あずき」には、「じょ」とつけていうんです。「このあずきじょはだんごのあんこになってもらうとぞ。」そして、「ねずみじょに引かすんな、引かすんな、猫じょも出て来て手なと貸せ」と歌う。それを聞いてましして、楽しそうに歌いながらやりますから、それでいっしょにつけて歌いながら、あずきの筵の外に飛び散ったのを拾って入れるという……。

鶴見　ああ、仕事歌なのね。

石牟礼　仕事歌というふうに、皆さんが歌っているんじゃなくて、母がそんなふうにいうんです。即興でいろいろそんなふうにいうんです。歌うのも好きで……。「月にむら雲花に風」、これは「石童丸《いしどうまる》」◆の娘義太夫の、大衆的な七五調。義太夫も歌ってました。たぶんそれじゃな

◆**石童丸**　説経『苅萱《かるかや》』に出てくる幼い主人公の名。

いでしょうかね。何か読んだわけでもないし……。

鶴見　それじゃあ、その次に。石牟礼さんの文学の中で、歌はどういう関わり、どういう位置づけになるの？

石牟礼　二十三歳の時かしら。『蟬和郎《せみわろう》』（石牟礼道子著、葦書房、一九九六年）の年譜を見てみればわかるけれど、「毎日歌壇」というのがあって、それで短歌の投稿してましたら、選者のお師匠さまに誘われて。その先生、蒲池正紀《かまちまさのり》という熊本短大の英文学の先生でしたが、大変目をかけてくださって、短歌雑誌を出すから入りなさいと言われて、『南風《なんぷう》』というのに入れていただいたんです。その前から短歌らしいのは、戦時中の少女教員だもので、新聞なんかで、ほら、思春期の対象である少年たちが、兄も行きましたけれど、遺書を書いていくでしょう。そこに歌、辞世の歌を書くでしょう。辞世の歌というのは短歌で書くんだというのはなんとなく知っていて、それで辞世の歌みたいなものを書いたのを覚えています。何を書いたか忘れたけれど。

鶴見　つまりだれにも教えられないで、お母さまの即興詩を聞いてて歌をつくりはじめて、それから投稿して、そして認められて、短歌のグループに入った。ところで、私、「白い線路」（『蟬和郎』一一七頁）の一番最初のところにある、

狂えばかの祖母のごとくに縁先よりけり落とさるるならんかわれも

これすごい歌だと思うの。グループの中でびっくりされたって。

石牟礼　それは発表をためらったんです。しんとして、だれもなんとも言わない。だってこんな歌、批評なんかできないですよ、ねぇ。

鶴見　すごい歌。これがとってもすごいのは、「狂えばかの祖母のごとくに縁先よりけり落とさるる」というと、びっくりしちゃう。で、その次に「ならんかわれも」というふうに、「けり落とさるる」で切るでしょう。これが腰なのよ、「けり落とさるる」が。第三句で。歌の中心でしょう。そうするとウワッときて、「ならんかわれも」で収める。ここがすごいと思う。

石牟礼　いまは笑っていられますけれど、そうとうこのころは深刻で、祖父がお妾さんをもちましたもので、それもあるんでしょうけれど、なんというか、思いつめる家系というか、祖母も母も私も、死んだ弟も思いつめる気質でございまして、それでなんだかめぐり合わせが悪くて、そのお妾さんにも私は悪い感じをもってないんです。とてもかわいがっていただいて、いいお人柄だったと思うんですけれど、祖母は目が見えませんし、そういうお妾さんの匂いかなんかわかりませんけれど、自分の匂いじゃないものを祖父が身につけて帰ってきたかなんか知りませんが、ワーッというのが聞こえて行ってみたら、祖父が足をあげていて、蹴り落とそうと思ったわけじゃないんでしょうけれど、祖母は盲さんだから、こっちに手をつくつもりが、つくところがなくて、落っこってしまって、ほんとに悲しかったです、それを見てて。なんという情景を見たんだろうと、ほんとに暗い気持ちでございましたけれどね。それで私もいつか発狂するんじゃないかって、ずっと思っていましたから、そういう歌になっちゃった。一番出したくないと沈めておいてから、出してしまった。皆さん、ショックを受けるだろうって。

鶴見　いや、この『蟬和郎』の中にこの歌一首しかないのよ、歌は。これがすごいのでね。いや、中身がすごいだけでなくて、「けり落とさるるならんかわれも」という、この下の句の第四句がすごい。この第四句の腰がすごい。だって、「さるる」のあとに「ならんかわれも」でしょう。「ならんか」なんだけれど、けり落とされちゃったという感じで、「ならんかわれも」。まあ、人をばかにしてるわっていうような、ここのところがすごい。第四句に「けり落とさるる」、「されんか」じゃだめなんだね。「さるるならんかわれも」。この調子がすごいと思ってね。これは歌のリズムとしてもすごいし、内容はもちろんのことだけれど、この内容と歌がぴったり合ってるのよ。

石牟礼　なんというか、はじめて解説をしていただいた（笑）。皆さん、この歌を恐れて、何もおっしゃらないんです。こんなのを歌にしていいのかなとずっと思ってました。祖父に対しても祖母に対しても。だけど私にとっては、そこを越えなきゃいけない、私自身が。

鶴見　だけど歌だからこれがでたのよ。

石牟礼　そうですね。あまり現実描写だとね。リアリズムで書くと、もっと生ま生ましくなりましてね。これもそうとう生ま生ましいけれど。

鶴見　だけどこれは、あなたのおっしゃるように、実像と影の影がでてるの。「ならんかわれも」で。いやあ、あなたの深い心根がでてるのよ。

石牟礼 うーん。私、あとの半生は、こんなふうに生きるのかもしれないというふうに、ふと思ったんですね。ならないともかぎらない。なってるようなところもありますし……(笑)。

鶴見 いや、私も、けり落とされるんじゃないけれど、一度死んだ。そして急に歌が盛り上がってきた。一晩中よ、次々に。夢をみては、その夢が歌になる。で、私、気が狂ったと思った。

半世紀死火山となりしを轟きて煙くゆらす歌の火の山

(『回生』五頁)

だってね、もう歌は五十年前に別れた。もうこんなことはしない、学問でいくと決心したの。それが急に、こうして寝て点滴をやってる。どこも動かしちゃいけないといわれたから、仕方がない。そこへどんどん歌が出てくるから、私、気が狂ったんだと思った。いや、いつ気が狂うかわからないというのは、私もずっと考えてた。そして、あ、この時に狂ったんだと思った。だからね、これはすごいと思う。

石牟礼 なんというか、自分の生き方、どこに自分が立っているんだか、そこである予感に打たれるということが、たぶんよくない予感だけれども、でも予感がきて……。具体的な心象を先生は書けとおっしゃいましたけれども。それをぎゅっと凝縮した形で見ちゃった。それはただちに自分のこと……、それを引き受けるというのは、祖母の方も、祖父の方も、その二人を引き受ける。あるいはまだ本質的な人間の問題がなにか来るかもしれないという文学的な予感があった。

鶴見　だからいまあなたは水俣を引き受けてる。それだから、あなたの文学の中に歌はどういうふうに関わっているんですかって、歌が原点ではないのですかって聞いてるの。

石牟礼　原点なんです。いまは歌の形をとってはいませんけれども、表現は。いつもなにか基調音として、なにか通奏低音として、歌は肉声をともなってあるんです。

鶴見　そうだと思う。あなたの小説を読んでいても、この本の中に書いてあることがピタッピタッと出てくる。『蟬和郎』は自伝的なエッセイと書いてあるでしょう。びっくりしちゃう。だからやっぱりこれが原点なんだ。

石牟礼　先生だから読みとっていただける。ありがとうございます。十年一日、同じことばっかりいってる気がして、気が引けるんですけど、ほかにないのかと思ったりして……。

鶴見　いや、それがさまざまな姿になって現れるから、同じことじゃないの。でもそれが、ああ、あれだなというふうに思いあたるのよ。だけど違う形で出てくるからすごいのよ。

息づきあう世界

鶴見　それじゃあ、歌のことはまずそこでちょっと止めといて、「わだつみの会」の講演、「この世が影を失うとき」ではじめて、「アニミズム」という言葉がでてくる◆(『蟬和郎』一七六頁)。「アニミズムとは何か」ということを、あなたが語ってらっしゃる。それは、川とか海とか、広大無辺な生命の世界。息をかわしあって生きている世界のことなの。そこには、実像と影の問題がでてくる。「実像は言葉で形をつくることができるが、実像にそっている影の深さは言葉では表現できない。」◆表現できないものをどうやって人に伝えるか。それをあなたが「わだつみ

◆「**この世が影を失うとき**」**より**　「それでいつも帰るところというのは、水俣の漁師さんたちが、漁師さんたちというのは、こういうところで、天下国家のことをしゃべったり、イデオロギーとか道徳とか、なにか公やけにむかって発言するということは漁師さんたちだって、お百姓さんたちだってしないわけで、どういう内的な世界をもっているかというと、お魚との世界とか、草や土との世界とかそれは言葉が先にある世界でなくって、川とか海とか、そういう世界、アニミズムといってしまえば、非常に矮小化されてしまうんですけれども、アニミズムなんて名前をとうていつけられない広大無辺な命の世界に住んでいる人たちがいて、私もそこにいるわけですが、そこからしか世の中をみることができなくなっている自分に気がつくんです。」(『蟬和郎』一七六頁)

◆「**この世が影を失うとき**」**より**　「それで、本当は、言葉にならない世界をこそ、はぐくまねばならないんじゃないか、とおぼろげに認識することができます。そのなかには、いろいろ個々の人間の生き方とか、社会のあり方とか、いろいろ具体的に人の姿のイメージがあって、あるわくの中に入れて論理化することも勿論できるし、そのかぎりではいろいろに語ることもできるんですけれども、この世の実像というのは言葉で形をつくってみることはできますけれども、その見えている実像にそっている影の深さは言葉に表現するのは難しゅうございます。」(『蟬和郎』一八二頁)

の会」で、戦争体験をどうやって伝えるかということで言ってらっしゃる。言葉で伝えられなかったら、なんで伝えるのかという、そういう問題。

そして、ここに「息をかわしあって生きている世界」と書いてある。息づかいをかわすというのは何か。そのことが「ほおずき」(『蟬和郎』一五一頁)に書いてあると思う。私、「ほおずき」、もうとってもびっくりした。『蟬和郎』一五八頁に、長いんだけれどほおずきのことが書いてあって、「そしてわたしは病院の塀のこちら側から一ミリも越境することなく、いっぷう変ったこの植物と」、それはほおずきのことね。「息づきあっていた。」なんか子供のころに、着物の前をすっかりベトベトに土に押しつけて、こうやって塀の下から見てるのね。そうして、「息づきあっていた」、これだ、と思った。つまり、言葉ではなくて、なんで伝達するかというと、「息づきあう」ということなんだということが、あそこで、「ほおずき」でわかった。

ところで、「息づきあう」ということは、一体どういうことなんだろうと考えてみたら、この「ほおずき」の後半部分で、影法師のわらべ歌がでてくる。これもまた歌。あれが長い歌で、お遊びなのね。子供の遊びの時に歌う歌がずっとでてくる。

そこで、「息づきあう」というのは何だろうと考えたの。これは私の考えなのよ。わらべ歌だから、遊びながら歌うから、しぐさがある。からだが踊っている。だから歌いながら踊ってる。歌と踊りはいのちのリズムじゃないか。それで、あなたは短歌じゃ長すぎるから俳句にしたけれど、私は短歌しかわからないから、俳句のことは一切わからないけれど、短歌も俳句も、生命の息づきあっている生命のリズム、あるいは調べなんじゃないか。リズムというのは外国語だから、日本語になおせば、おそらく響き。佐佐木幸綱さんは「響き」とおっしゃる。響きの方がいいのかもしれない。響きあうという、あるいはもう少しやさしくいうと調べ、あるいは響き。言葉によって伝えられないものを伝えるために歌があるのではないか。歌は言葉なのよ。だけど歌は言葉だけれど、読むんじゃないのね、ほんとは。印刷して読むんじゃなくて、あなたがおっしゃったように、歌ってる。歌う調べ。だからお母さまが歌いながら麦を踏むとき、それは調べなんでしょう？　言葉で伝えられないものを伝えるために、調べがある。その調べが歌であると、そういうふうに言っていいでしょうかってことがお聞きしたい。

石牟礼　大変無学な人でしたけれど、いつも何か、ほら、言葉になる前の意識というのがありますね。それを言霊《ことだま》といってしまえば、もう言葉ができてるけれど、そんなことも意識しないで、口をついてでる言葉。それは一種の古代的な心性、言葉と歌がはっきり形成される前の古代的な衝動といいますか、それは蝶々のおしりがふっくふっくとふくらんでいたり、セミがワーッと鳴いて、しんとなって死ぬみたいな、そんなのを全部ミックスしたような、生命の、ここにいるという呼びかけといいますか。母の歌には言葉はあったんですけれど、「ねずみじょに引かすんな」というときには、ねずみじょにも話しかけている。引いていくなよって（笑）。それから「あずきじょ」というときには、あずきのあの赤い色の、できたばっかりは赤いですから、粒々の光ってる、そのあずきにも愛称をつけていってるから、あずきにも言ってるんですね。それから、それを「仕納《しのう》する」という言葉がありますね。農業の言葉で、穫って納める、納屋に納める……。収穫のことを仕納といいますね。その一連の手作業のなかで歌うというのは、その作業をよろこぶ言葉なんです。それからだんごを作ってあんこになってもらうんだよ、だんごになってもらうんですよ、と歌いかける。母の頭の中にあるのは、だんごを作るときの情景と歓びと、だんごの粉も、いまとちがって、杵でついたり手で丸めたり、蒸したり、粉だらけになったりする手の一連のしぐさが、手作業がありますね。そして子供たちが、早くできればいいなと思って、取り囲んで待っている。ちょっと手を出して手伝ったりとか、だんごができていく過程の楽しさと、さあ、できあがった。ほかほかしてるのを仏様にあげたり、神様にあげたりして、みんなでいただく……。さあ、今度は人間がいただいてもいいよって。そういう全部の過程が、豆の仕納のときに、その喜びが歌になって、言葉になって即興で出てくるんですね。だから「ねずみじょ」も害獣という感じでもない、何かやっぱり仲間なんですね。

鶴見　仲間なのね、それをおいしいと思って食べる仲間なのね。

石牟礼　仲間ですね。だから全部持っていってしまうなよと、「引かすんな」というのは、少しは引いていくだろうというのがありまして、そういう身近な生命たちとの賑わい、なんだかいそいそしているものたちを全部そこに招きよせて、招きよせるために歌う……。そこで宴のように歌っているんです。そういうことですので、歌というのは何かいつも、やっぱり生命のにぎわう世界ですね。生命の世界と交歓しながら、思わず口をついて出る呼びかけみたいなもの、それはだんだん複雑になって、近代短歌になってくるともっと屈折して来ますけれど……。とぎれることのない呼びかけのなかで、あるときは声にならなかったり、なっていなくても底流としてずっとある。なんでしょうね、日本人の中にある五・七・五というのは……。それは時代を経て定着していきますけれども、もっと以前にある、最初は神様への呼びかけ、訴えだったわけでしょうけれども、神様への訴えといっても、それは訴えてかなえられることもあるし、完全にはかなえられないこともあるけれども、だんだんかなえられないことが多くなってきてから、人間全般が取り交わす歌になってきて、近代になってくると、非常に複雑になった社会のなかで、歌をなんだか、本来の歌からちょっとはずれて、歌のリズムからはずれてきて、詠歎というのもなんとなく暗くなってきますよね。牧歌みたいなのは影をひそめてきて、時代がそうだから仕方がないんですけれども、歌はだからそういう意味では、私の中にずっとあるんです。いまはつくりませんけれども……。

鶴見　わかった。それで、自分がいつでもそこに帰っていく、未分化の大きな生命のつながり、生命体の中に、いつでもそこへ帰っていくというふうにおっしゃっているのね。水俣の漁師さんたちとか、百姓さんたちの心根というものは、彼らの内部の世界というのは、そういう生命が息づきあっていて、未分化の世界、そういうものであるとあなたはおっしゃってるでしょう。それが影の世界だと。そこに自分がいつでも帰っていく。言葉にすると、その世界は裏切られちゃうのね。そこなのよ、一番の問題は。たとえばあなたが考えていらっしゃるアニミズム、大きな生命体の中のさまざまな小さな生命体が息づき合って、大きな生命体をつくっている、そういう世界が一人一人の漁師さんとか、百姓さんとか、あなたのお母さまとか、そういう方たちの心の中にある。だけどそれを今度は表そうとすると、言葉を使わなくちゃならない。で、言葉を使ったとたんにその影が消えてしまう。それであなたが、「この世が影を失うとき」で、最後に、「ではどうやって戦争体験を伝達できるのでしょうか、言葉を失ってしまうと、それでどうやって伝達できるのでしょうか」といって、そこで講演が終わってる。「きょうは皆様にお目にかかれてありがとうございました」で終わってる。言葉果てたるところから文学が出発する、そして文学は言葉果つるところに到達する、かつそこが出発点になる。それをあなたが表していらっしゃる。伝達というのも言葉で、変な言葉だけど、伝えるということね。一番大事な伝え方は、あなたが言っていらっしゃる、小さな死は残されたものの魂が受け継ぐ、それで生と死が循環していく、大きな生命体の中で。そういうことが近代では非常になくなってきた。つまり死というものを目の前で人間がみることができなくなったから、だから平気で人を殺したりするようになったんじゃないか。そうすると、受け継ぐためには伝えなくちゃならない。それが戦争体験を伝えるということ。伝えるためには言葉で伝えるのか、あるいは言葉でなくても伝わるのかという問題があって、文学は言葉で伝える。あなたは文学のお仕事をしてらっしゃる。伝えるのに言葉で伝える。ではどうやって言葉でなくて伝えられるか。

うたせ舟を焼く

石牟礼　いま一つの試みをしてるんです、水俣の患者さんたちと。一部の人たちですけれど。杉本栄子さんとか、緒方正人◆さんとか、それから田上義春さんという人がいますけれど、この人は倒れられて、言葉が……。あの人は哲学者みたいな人でしたけれど、言葉が出なくなりました。なんとも無念で、私、がっくりしているんですけれど。それから浜元二徳さんとか……。それで、もう五年ぐらいになりますけれど、まだ和子さんに報告してないことですが、和子先生ご病気だから。緒方正人さんやら事務局をやっている若い人に来てもらって、会報を二、三冊出してるんです◆、もうほんの薄いのを、今度はまた水俣でやります。それから渡辺京二◆さん

◆**緒方正人**　（おがた・まさと）一九五三年〜。「本願の会」会員。漁師。両親、一族、その村落ほとんど水俣病に罹患。故川本輝夫の片腕となり過激派と呼ばれたが、すべての裁判と認定申請運動から降りた。以後の鮮烈な発言は、二十一世紀を切りひらくもっともラジカルな思想として注目される。著書に、辻信一氏によって集成された発言集『常世の舟を漕ぎて』および、渡辺京二氏組むところの講演集『チッソは私であった』。前著は英訳もあり（カレン・コリガン・テイラー、米アラスカ大学名誉教授訳）、二〇二〇年には「熟成版」が刊行。

◆「本願の会」（五三頁注参照）の会報『魂うつれ』のこと。

の熊本グループに手伝ってもらって出します。
東京で「水俣フォーラム」ってございましたでしょう（一九九六年）。あの時に緒方正人さんが船を水俣からずっと東京まであやつっていったんです。うたせ舟◆のボロ船を三十万円で買ってもらって、東京まで……。なんとかいう機械をつけて。でも沈没寸前の古い船だったんです。
鶴見 うたせというのは、まぼろしのうたせよね。
石牟礼 はい。その古船ですが、正人さんの村の患者さんが、東京に飛行機で行ったり、汽車で行ったりするのは、ずっと三十年ばかりも続いてきましたでしょう、集会やら陳情やらに。これまではそういう動きをしなかったのに、船で正人さんが東京に行くといったら、村の人たちが、自分たちの魂も乗せてってくれって、見送りにこられまして。それで正人さんは魂たちを乗せて、玄界灘やら瀬戸内海を通って東京まで行ったんです。
鶴見 アニマの舟じゃないの。
石牟礼 そうなんです。そうやって死者や生者の魂を乗せて、決死の覚悟で行って、東京湾に着きました。それで私たちは陸上から行って、栄子さんご夫婦も陸上から行って、船が陸に上げられたのを迎えました。正人さんは決死の覚悟でした。みんなで止めたんです、行くなって。死ぬぞって言って、それでも死んでもいいと言って行ったんです、正人さん。村の人たちからたくさん魂を預かってきてるでしょう。それで、さあ着いた。魂を降ろして、お迎えしなきゃいけないということをやろうとしたんです。そうしたら、東京の支援者の一部の人たちの中に、えっ、魂なんて、そんなのいまごろあるの、そんなの気味が悪いって言った人たちがいたんです（笑）。

鶴見　支援者？

石牟礼　そうです。

鶴見　水俣の魂がわかってない。

石牟礼　そう。もうわたくし、ほんとにショックで……。

鶴見　それが支援者か。

石牟礼　そうなんですよ。これにはもう驚いた。

鶴見　これ、マンガチックね。水木しげるがでてきた。それマンガにしたらいい。

石牟礼　気味が悪いって、いまごろ魂なんて、東京では魂なんて言葉は死語ですよって。とても困った。それで私も栄子さんも、ほんとに腰が抜けるようにびっくりして、ショックで、はあー、東京では、東京の人たちにえらいお世話してもらったと思ってたけど、何を加勢して

◆**渡辺京二**　（わたなべ・きょうじ）一九三〇〜二〇二二年。日本思想史。『北一輝』『逝きし世の面影』他。「海と空のあいだに」（のちの『苦海浄土』）を自身が主宰する『熊本風土記』に連載したのを始めとして、石牟礼道子の執筆を生涯支えつづけた。

◆**うたせ舟**　帆に風を受け綱を引く大型木造船。不知火海の風物詩ともいうべき姿は、人と海が一体となってあった水俣病以前の暮らしを今に伝える。

もらってたのかなあって、思ったんですよ、水俣組は。それで「東京フォーラム」で、魂降ろしができなかった。でも「そんなら私たちでやります」といって、加勢してくれる人たちもでてきたんです。子供を自殺させたり、子供を失ったお母さんたちのグループにはすぐわかったんです。すぐそこらへんの品川の広場から、ススキの穂とか切ってきて、祭壇を作って下さったのですが、それを一部の人たちは気味悪そうに見ているんですね。おロウソクなんか灯せないといって。またお葬式を東京に来てやりなおすんですか、気味が悪いって。これはずっと私ども引っかかっていて、それで「本願の会」◆というのをつくったんです。

ともかく東京の品川で祭壇を作ってくださって、草っ原に船を上げまして。帆を張って、夜、お月さまが出てくる時刻を見計らって、魂を降ろす。お迎えしてくださる方々がいらっしゃるし、いらっしゃるためじゃなくて、ともかく魂たちを連れて行っているもので、東京に着きましたよってお降ろしして……、そうしないと帰れませんよ、水俣には。魂を送り出してくれた村の人たちに申しわけないですからね。それでその儀式をやったんです。その前に水俣の埋立地に石仏を作るのをやりかけてて、石仏だけでなくて、やっぱり埋立地に、水俣、不知火海の魂、亡くなった魂たちに来てもらって、出魂儀《しゅっこんぎ》というのをやりはじめたんです。その続きで東京に行ったんです。だからその出魂儀を東京でもやったんです。それで栄子さんたちには、南島でよくやるような神女の装束になってもらいましてね、その気持ちを読んでもらいました、長い紙に書いて。南島の白い装束……。それをやっていただいたんです。そうしましたら、それまで雨だったのがさーっとやんで、お月さまが出て、まあ美しい美しい。うたせ舟の帆がビルの谷間にりんりんと張って震えてましてね。

鶴見　うたせ舟の帆は美しい。

石牟礼　帆が銀色で、白じゃなくて、その晩は銀色に見えて、お月さまの色で、ハタハタハタハタ鳴っててね、ちょうど満月のお月さまの真ん中あたりを雁かしら、五羽くらい、お月さまの真ん中をこう……飛んでって、じつに神秘的というか……。

鶴見　すごい、魂が飛んだんだ。

石牟礼　はい。もう見ていた人たちはみんなふるえたっておっしゃいましたけれど、東京の人たちも。おロウソクだけでずっと……、参加してくれた方々にはおロウソクを一本ずつ持っていただいたんです。そして気持ちばかりでも、水俣から来た魂に、どうかお参りしてくださいとお願いして、お参りしていただいた。ただ簡素な、それだけの儀式ですけれど、忘れられないと、いまも言ってこられますけれど。そういうのをやって、また今年、水俣で八月にやることを計画してるんです。また埋立地で。それでさいわいなことに、お能の大倉流の大鼓を打

◆**本願の会**　一九九四年三月、田上義春、浜元二徳、杉本栄子、緒方正人ら十七人の水俣病患者が「水俣病を生き残ってきた証を後世へ呼びかける事業をはじめたい」（石牟礼道子）という趣旨でスタートした。具体的には自身の手で魂石を見つけて地蔵を彫り上げ、できあがったら〝水俣病爆心地〟の百間埋立地に置くことを目指している。

つ若い人が、一度、水俣に来ていただいた縁があって、今年は自分たちもそういう打楽器をやる人たちが若い人たちで、精神的な演奏をやりたい、その第一歩を二〇〇〇年の初めに水俣でやりたいという申し出がありまして、その人たちといっしょになって、大鼓を打ってもらいながら、合間合間に、ずっと「本願の会」の患者さんたちにお話をしていただくことに決めたんです、一晩中。皆さんとその案を練って、出てきたんです。ですからそういう形で、それこそどういう呼びかけをしたら、若い人たちが来てくれるだろうかって、みんなで頭をかかえていましたけれど、その行事をやった後に船が品川の港に上がって、上まで上げるのに一千五、六百万ぐらいだか二千万ぐらいだか、輸送費がかかった。とても短い距離ですって。東京の晴海埠頭かな、そこに上がって、品川の駅のそばに空き地があって、「キャッツ」というミュージカルをやった跡ですって。そこまで運ぶのにとんでもないお金がかかった。それに正人さんの船は下田の沖まで来たら、バタッと舷側が片側はずれちゃった。ですけど、海上保安庁の船が難民じゃなかろうかと思って、つけてきてた（笑）。

鶴見　魂を乗せてます、なんて言ったら向こうはびっくりしちゃう。

石牟礼　舷側がはずれたから、それで助かったって。助けてもらったんだそうですけれど。そんなことで、持っては帰れない。「日月丸」という名前をつけたんですけれどね。それで東京の人たちも大変困って、解体して水俣に送るというのも変だし、それで焼いていただいたんです。焼き場がないので、東京都内のちょっとはずれた川崎の、ゴミ焼き場で焼いてもらったんです、どこも焼くところがないから。そうしましたら、フォーラムの手伝いに来ていた若い男の子たちが、水俣の大切な魂を乗せてきた船を焼いていただくんだから、炉の中の東京都のゴミを全部掃除してきれいにしてから、焼いていただこうと言って、一晩徹夜して、みんな泣きながらお掃除したんですって、ゴミ焼き場を。それでそこにごあいさつに行きましたら、ゴミ焼き場の人たちが、きちんと威儀を正して迎えてくださいましてね、びっくりしましたけれど。そういう大切な魂の船を焼かせていただくようなことは、一生に一度でございますって。われわれは東京都のきたないゴミばっかりずっと焼いてきて、とても嫌な仕事と思っておりましたけれども、今夜のような、そういう魂の船を……。

鶴見　清々しい、清浄な魂。

石牟礼　焼かせていただくというのは、本当にありがたいことでございますとおっしゃいましてね。とても感動いたしました。

鶴見　まあ、心を入れ換えたのね。

石牟礼　その上、そこでもちゃんと祭壇を作っていただいて、びっくりいたしました。だからそういうふうに、少しずつ伝わる。若者たちが泣きながら掃除をしてくれたの。こちらから頼んだわけではなかったんですよ、自分たちで。その子たちにも会いましたけれど、非常に何か崇高なものにあこがれているというか、精神的に飢えて、いちずに求めてるような、ひたむきな目をした若者たちでした。

鶴見　すごいな。そういう形で伝わっていくのね。それで言葉は補助するんだ。全然言葉がなくては残らないから、言葉は補助ね。助けるのね、それを。

石牟礼　ええ。それであの若者たちにまた会いに行きたいなと思っているんですけれど。どこで何を感じて、その若者たちが集まってきたのか、まだわからないんです。たくさんの人たちが来てました。

鶴見　言葉でなくて伝わるものというものが、伝わる伝わり方がある。それはいいお話をうかがいました。

石牟礼　そういうことを、どこかに、いまいる場所がなくて、一路荒廃していくいまの日本の中で、現代風の風俗をしたり、言葉も現代風のへんてこな言葉を使っていたりして、いろいろ問題をかかえている若者たちかもしれないんですけれど、居場所がなくて探してる、浮遊してる若者たちの魂が着地できるところ、足を伸ばして着地できるところ、水俣の「本願の会」がいま言ったりしたりしてること、それこそこれを今度は言葉にして、パンフレットを書いて、どこかに配ろうかなといって、それを持続していけないかと言ってるんですけれどね。そういうことが一つあります、非常に小さな動きでして。

いまの関西訴訟◆は最後の殿戦《しんがりせん》を戦っていらっしゃるし、いろんなグループが水俣にございますね、支援グループが。本人たちは惰性でやっているつもりはないと思うんだけれど、水俣だけでなく、大きな汐溜りが寄って来ているような、何がどこへ動くのかわからない情況がありますけれども、そういうことに対して何がいちばん根源であるのか、視なければならない。

昨日、緒方さんがこんなことを言ったんです。「ここまで来るにはいろんな表に出せない、自分もそうだけれども、物語があった。村にもいろんな、受難の物語だけでなくて、人間とその風土との世界があって、村がいまも残っているということは、ずっとずっと物語の絆があったはずだ。今まではそっちの方に気持ちを向けるゆとりがなかったけれども、人だけでなく、生きとし生ける者との絆があった。人間と深いかかわりをもって生きかわり死にかわりしてきた者たち、草木や山や海の世界があった。息づきあっていた。それを語りなおすというか、それを思い出したい。そうしないと人はなんのために生きて死ぬのか、思いが残りすぎる」って。成仏しないと。

そういう世界を一度ならずくぐって、万物たちが見残していた夢を思い起こしてみる必要が

◆**水俣病関西訴訟**　関西には、不知火海沿岸より水俣病患者が、生活の糧を求めて多く移り住んでいる。その人たちのうち、「チッソ水俣病関西患者の会」に集う四〇名が、一九八二年十月二十八日、チッソ・国・熊本県を被告として、損害賠償を求めて大阪地方裁判所に県外患者として初めて提訴した。その国家賠償請求訴訟のことを、「チッソ水俣病関西訴訟」という。水俣病に対する国・熊本県の責任を認めた大阪高裁判決（二〇〇一年四月二十七日）に対し、国・熊本県は五月十一日、最高裁に上告した。その後「水俣病上告取下げを求める全国ネットワーク」が結成され、国・熊本県に上告取下げを求める全国運動を開始した。二〇〇四年十月十五日、最高裁判決で、国・熊本県の責任が認められた。

あるんですね。万物はどういう姿で生きていたか、もっとすこやかに生きていたと思うのですね。患者さんたちと話しあっているとじつに深い話が出てくるんです。こんなふうに私たちは祖父母の時代から生きましたよ、生きておりましたよと、和子先生もそうだと思いますけれど、こんなふうに生きたんだって……。伝えられることといえば、形で残す遺産というのもあるかもしれないけれど、語りあってみなければ、生きとし生けるものへの親愛も生まれません。それを示しておかなければ、ものも美しくは見えなくなるし、聞く耳も衰える。ものを思うという感受性、感受性をそっくりそのまま一番よい形にして、伝えておかなくては。病気になっていてもならなくても、一生のなかで私たちは、だいたい最悪なことにもみまわれます、なぎ払われるように。一本の木を切ってみれば深い傷が入っていたりしますけれど、人間の一生のなかには幾度となくそういうことがある。だからそれもそのまま、人が生きるということはどういうことかというのを、伝えておきたいと思いますよね。それで「本願の会」をやりましょうねって。人が生きるということの気品のようなものを残したいなと、そういう話を昨夜までやってきたんです。

それで和子先生のお姿、気品というか……。

鶴見 (笑) いやだ、異形の者よ、私。半分ないんだもの。「異形のものになりゆくわれは」と、そういう歌もある。

石牟礼 そういうようにおっしゃりたいかもしれませんけれど、何か一つの極限像になったときに出てくる気品、能なんかそうですけれど、あれは姿がそうとう異様でございますよ。全部やっぱりあの世からきた人たちだし、あの衣装も……。

鶴見　弱法師《よろぼし》もね。ほんとに私はあの世に一度行って帰ってきた、いま。帰ってきて、違う宇宙にいる。あなたといま話してるけれど、あなたはこの宇宙にいるけれど、私はあっちの宇宙にいる人なの。

石牟礼　私もわからないですよ（笑）。いや、私も寺の縁の角に立っていたら、緒方正人さんが来て、ああ、びっくりした、幽霊かと思ったたって（笑）。

鶴見　「縁先よりけり落とさるるならんか」じゃないの。

石牟礼　あの時点でね。その時も祖母と一体化したんですよね。それはもうほんとに異形の人でしたから。正人さんが驚いたんです。あの人、そういう勘をもっていますから、きっとその時、私に幽霊をみたんでしょう。

鶴見　（笑）とってもおもしろいよ、この世が。あの世だかこの世だか、どっちがどっちだかわからないけれど。人間の住んでる世の中がおかしいな、おもしろいなと思う。だから水俣の人の気持ちを、ほんのわずか身に引き受けるという感じになった、こういう異形の者となることによって。だけど水俣の場合は、人からそういう仕打ちを受けた。私は自業自得なのよ、自分が悪くてこうなった。そこが違う。

第3場

言葉果つるところ——もだえ神さん

「一本橋」のお母さまの話

鶴見　次は、言葉果つるところというのをテーマにしたい。

石牟礼　それは私のいまのテーマです。

鶴見　言葉果つるところで何が伝えられるかということ。こういうふうな異形の者になって、異なる宇宙に移籍してしまうとね。ところが私は不思議なことに歌を失わなかった、それでまた立ち上がった、ということが矛盾してる。言葉果つるところに行っちゃった。それなのに、言葉のおかげで帰ってきちゃった。歌をずっとあの晩こうやってつくってなかったら、あのまま私、死んでた。もう意識不明になって、昏睡状態に陥ってた。自分の心象風景がすべて言葉になって、歌になって出てきたのが不思議よ。イメージなのよ。一番最初にでてきたのは、『回生』にあるように、南京大虐殺。これが最初にでてきた。頭蓋骨。

るいるいと人骨重なる南京の虐殺の跡目前に見ゆ　（『回生』一二頁）

一条《すじ》の糸をたどりて白髪の老婆降りゆく　底ひより新しき人の命

蜻蛉の命登りゆく輪廻転生《りんねてんしょう》の曼陀羅図《まんだらず》　（『回生』一四頁）

それから「白髪の老婆」というのは私自身のことだけれど、ずっと下がっていくと、そうすると下から、どうしてトンボなんだかわからないけれど、トンボの子供が上がっていく。そして糸がずっと上がったり降りたりしてる。そういうイメージなの。

石牟礼　臨死体験でしょうね。

鶴見　そうよ。そういうのが次々に出てくると、今度はそれが歌になって出てくるの。回生の歌。それをガリガリガリガリ夜中に真っ暗闇で書いてた。それで、妹が来て、「何書いたの、わからないわ」という。そうすると私が大きな声でそれを詠う。それで書き取ってもらう。

石牟礼　歌を詠む、詠むというのは、声にだして歌を詠むって、その歌でしょう。

鶴見　そういうこと。朗詠する。朗々と口ずさむ。そしてそれを書き取ってもらったのが、あの『回生』という歌集。字余りも字足らずも、めちゃくちゃ。だけどそれが私の歌なの。で、病状安定とともにだんだん普通の調子になっていく。私、言葉を歌によって手放さなかった。パッと放しちゃったら、それで終わりよ。それが命綱だったのね。それをしっかりにぎった。それだから生き返った。言葉果つるところに言葉が生まれるということの不思議さ、それが歌じゃないかなと思う。そういう体験が終わったら、歌がまたパアッとなくなるかというと、いまでもこうして出てくるから……。それでもあの晩ほどどんどんどんどん、それこそ「井川《いがわ》」の水みたいに渾々と湧きでない。いまはそんなにたくさんでないけれども、やっぱりでてくる。それで、私、そういう自分の体験があったから、石牟礼さんのこの歌を見たときにびっくりした。これが原点なんだなというふうに思った。『蟬和郎』には常に常にお母さまのお話がでてくる。それでお母さまがどうして文字が読めなかったかという話が「一本橋」（『蟬和郎』五七頁）の中に出てきて、びっくりした。私、あなたのお母さまが生きていらっしゃるときに、お目にかかれてよかったなと思った。とってもふくよかなの。ほんとにぽちゃっとしたかわいらしいお婆さま。温和そのもの。観音様みたいな方よ。ほんとに心からだれにでも慈しみをかけるという。あなたは思いやりっておっしゃるけれど、だれにでも慈しみをかける。それが言葉じゃない、行いになって出てくる、しぐさになって出てくる。この人に会うと、なんとなくにっこり笑いたくなる。あのお母さまがそばへいらっしゃると、ふわーんとしたあったかい空気が流れる。そして、お母さまが小学校一年のときから学校へ行かなくなったというのは、登校拒否じゃなくて、またその話がおもしろい。なぜ行かないか。それをだれにも言わないで、ぼそっと道子さんに話す。

石牟礼　死ぬ直前になりましてからね。それを打ち明けますときに……。

鶴見　恥ずかしそうに……。

石牟礼　はい。男の子が一本橋のところに待ってたって、おできがいっぱいできてる子が。◆その男の子は、たぶん母をかわいく思って、連れて行ってやろうと思って待ってたんでしょうに、それが嫌で、しかしそれを嫌がる自分というのを母は一生申しわけなく思ってて、だれにも言わなかったんです。なぜ学校に行かなかったか、あの子が立ってたからっていうのが、非常に母としてはためらわれた……、おできができてたから。

鶴見　それが嫌だという気持ちが嫌だと思われたのね、自分の気持ちが。わかるわ。だれにでも慈しみをかける、本来、そういう方なのよ。ところが、ちょっとぎょっとするのよね。わかるわよ。それが嫌なのよ、自分の中にあるそういう気持ちが。

石牟礼　はい。自分を責めてるんですね。それが神様に対してもその子に対してもたいへん申しわけないと思っているんでしょうね、きっと。そこをいうとき、とてもかぼそい声で、とても悪いことを告白するように、声を呑みこむように落としましてね、瘡《かさ》といいます、あのできもののことを。「瘡ができとる男の子の、待っとらしたもの」と、聞こえるか聞こえない声で、うつむいて申しわけなさそうに。

鶴見　その子は荷物を持ってあげるっていうのよ。それがたまらない。

石牟礼　とても申しわけなさそうに、そこは蚊の鳴くような声で娘にいうの。

鶴見　向こうは善意だということがわかるのよね。

◆**「一本橋」より**　「「あんね……瘡《かさ》の出来とる男の子のおってねえ、行きも帰りも一本橋の所に待っとりよったもん。鞄持ってやろちゅうて。それば断りきれんもんで……。親にも先生にも、それがいやじゃとは言われずに、とうとう学校に行かんじゃった」よっぽど言いにくいことに触れてしまったというように、深い吐息をつき、しばらく打ちしおれていた。……その訳を八十年間誰にも語れず、ことに「瘡の出来とる子」という言葉を口にしたとき、はっとうなだれて、声は消え入らんばかりだった。口に出すのが、よっぽどはばかられたのであろう。」（『蟬和郎』五八～五九頁）

石牟礼　ええ、わかってるんでしょうけれど、それで学校へ行けないと。

鶴見　それで文字が読めなくなった。その話なの、「一本橋」というのは。すごい話なのよ。それだから、今度は道子さんがそのお母さまの心根を伝えようと思って、やっぱり文字を書きはじめるんだと思う。だから、言葉を持たない人々の心根を自分がなり代わってね。だから同じことだ。ほおずきに自分がなりかわる。そうして、ほおずきの心を人に伝える。私、そういうことだと思う。それがお互いに息づきをかわすということ。息づきをかわさない人は、ものを言わない生きている生命の心根を伝えることはできない。だから先に息づきがあって、言葉が後にある。私なんかは、水俣に行って、言葉が先になって頭に入って、息づきがない。いま、こういうからだになって、はじめて水俣の人と息づきが通う、ちょっとばかりよ、全部じゃない。ほんのちょっと通えるかというところなの、ということを伝えてください。私、病気になってよかったと思ってる。やっと真人間《ま》に近づいたと思ってる。

石牟礼　(笑)久しぶりに聞いた、真人間って。近ごろ、真人間ってあまり言わなくなりましたね。

鶴見　そう、魂のことを言わなくなったからよ。真人間というのは、魂をもってる人のことをいうんだと思う。

石牟礼　そうですね。真人間になるかって、親が説教して……(笑)。和子先生、言われたことございます?　田舎の方にかなり残っていたんですよね、そういう言葉が。うちの父の口ぐせでした。母も言ってましたね、真人間からはずれるって。

鶴見 うちの母もいってたと思うわ。真人間というように。ちょっぴり真人間に近づきつつある。

石牟礼 私も真人間にならなくちゃ……。

鶴見 あなたは真人間よ。

山川のカミは天皇に結びつかず

鶴見 『遠野物語』(柳田国男著) には、神々はたくさん出てくるけれど、現人神は一回も出てこない。それなのよ。あなたが生命の世界、川とか海とか、そういう生命の世界、それは現実の故郷の風景、風土とは違うと書いているじゃない。それはとっても大事なところだと思う。川とか海とかというと、ああ、あの人の故郷は海辺だからとか、川のほとりだからとか、山だから、そこを思っているんだなと思うんだけれど、そうではなくて、もっと広大無辺な大きな生命体ということだと思う。だから、あそこはとっても大事だと思う。

現実のものにつなげ合わせていってしまうと、すぐ神が現人神、天皇と結びつく。天皇とは全然違う。神じゃなくて魂。川も海も山もすべて魂をもってる。その魂は「神」という、ああいう漢字の神じゃない。それをただ「カミ」というだけで、魂なの。現人神は大まちがいだから。民俗学はもっとそこをはっきり言わなくちゃいけない。柳田国男もそれをいったと思うんだけれど。柳田国男が遠野を訪れたときも、教育勅語が公布された後になっても、『遠野物語』には天皇なんか出てこない。生きてるものも、生きていないものも、山も、川も、すべてカミなの。日本は「神の国」と森（喜朗）前首相がいうときの神とカミとはちがうものなの。そのすり替えを、だれもとっちめないからだめなの。

そうしていまの人は命を大事にしないから、命を大事にするために教育勅語がよろしいと森前首相はおっしゃいましたが、これはまちがっている。教育勅語は、「一旦緩急アレハ義勇公ニ奉シ以テ天壌無窮ノ皇運ヲ扶翼スヘシ」といってるのよ。「命を捨てて万世一系の皇運を扶翼すべし」、命を捨てろっていってる。それを命を大事にせいといってるというのはすり替えです。もうなんという混乱、なんという愚かさ。

石牟礼　戦時中も、田舎の方でも、「朕は」というのを非常に戯画化して、青年たちもあまり忠良な臣民でもなかったんです。とても滑稽でしょう、なんとなく言葉が。

鶴見　「チン」って「狆」て書くとチンになる。

石牟礼　言わせる方の考える効果とは逆効果で、けっこう揶揄して、いろいろなんか尾籠な話もしちゃったりして、笑ってましたよ、戦時中でも。

鶴見　そう？　不敬罪よ。爾《なんじ》臣民不敬罪だから。

石牟礼　そう、それを十分みんな知ってて、それでもちゃかしてましたよ。

ところで水俣の海でここ二年くらい、異変が起きているんです。私は見たことないけれど、緒方さんや栄子さんたちがおっしゃってる。コバンザメが来たって。それからマンボウも来たって。マンボウは前に来たことがあるんだけれど、最近も来た。今年の漁ではチリメンジャコも、魚もぱったり来なくなったって。緒方さんはもう一日に一匹の日もあるって、太刀魚が一匹だったって、芦北《あしきた》の海で……、どうしたんでしょうか。それでなんだか世の中に異変が、大異変が、私そう思ってるんですけれど、海にそういう異変が起こるということは、地上もやっぱりいろいろ毒まみれですよ。ダイオキシンのたぐい、その他で……。それからクローン牛も宮崎の方でどうも生まれたらしいし、牛の飼料、だいたい牛は山手の方で養うでしょう。何かよくないもの食べさせてる気がする。海へ全部流れて行きますよね。それにもっと悪いものが地上に立ちこめているから、食べ物とか空気とか。それで子供たちの異変というのは、家庭が崩壊したことや、学校が崩壊したこともありますけれども、食べ物も水もよくないことがひしめいていると思う、私。案の定狂牛病が出てきた。もっといろいろ出てくると思う。そして海の貝の蜷《ニナ》、あれがメス化してるというし……。ワニもどこだったか、フロリダのワニだったかな。メス化してるでしょう、あの獰猛なワニ。そのうち、女の赤ちゃんばっかり生まれる、人間も統計と

◆**柳田国男**　（やなぎた・くにお）一八七五〜一九六二年。日本民俗学の樹立、発展につとめ、柳田民俗学をうちたてた。『遠野物語』他著書多数。

れば出てきてるんじゃないかと思うんですけれどね。

鶴見　メスがオスになって、オスがメス化してる。そうしたら戦争できないわ。女ばっかりじゃ戦争できない。

石牟礼　女ばっかりになったら絶滅するわけでしょうけれど、いっぺん絶滅した方がいいのかなとも思ったり……、そんな話も水俣の人たちとお互いにするんです。何かよほどのことが起きて、燃え上がってしまうか、ぐちゃぐちゃに核兵器、あるいは生物兵器で溶けてしまうか、変なものに人間がなってしまうとか……。

言葉の機械化、言葉の消滅

鶴見　言葉果つるところから出発するということ。つまり言葉にすれば消えてしまうものを追っていくというのは、そういう文学の像というのは何だろう。それは文学だけの問題じゃないと思う。科学でも、自然科学は私にはよくわからないけれど、社会科学でもそこまで降りていこうという意志が非常にとぼしいんじゃない？

石牟礼　いま、人類の歴史はたぶん大きくひとまわりして終わりにきたんだろうと思うんです。ですから言葉まで非常に衰えて、全部、人間の働きは内部から衰えてきて、この次、再生あるいは回生、和子さんのお言葉でいえば回生する潜在能力があるのかどうか、試される時期に入ったのではないかって。魂の遺産を食いつぶして、せっかくの先人たちのとてもすぐれた、到達した文化というのがありましたけれども、それが力を失いつつあるんじゃないか。やっぱり人間は思い上がっていたんだろうと思いますけれども。それでもう一度、言葉が生まれなかった時代に、今度は遡上ってゆくというか、もっと哲学的な意味がそこにありますけれども、戻りつつあって、次の時代の言葉が生まれる。これまで言葉が生まれるまで何十万年もあったわけでしょう。それを考えますと、言葉の生まれてきた長い歴史があって、文字の歴史はわりと短いと白川静◆先生はおっしゃいますけれど、言葉の歴史の方が長いですよね、たぶん。無意識の時代の方が……。それやこれや考えますといま、無意識の混沌の時代に帰りつつあるんじゃないかと、私はしきりに思います。

鶴見　それは情報化時代なんて言われてるものとは違う考えよね。いま情報化社会になっていて、言葉ですべてが解決することになっている。で、言葉が全部機械化されてる。機械で伝達できる言葉だけがいま残っているわけ。

石牟礼　機械で言葉を生産してると思ってるけれど錯覚で、言葉を全部、分断機にかけて切って捨ててると思うんです。言葉にならない情感とか悲しみとかも轢《ひ》きくだいてぐじゃぐ

◆**白川静**（しらかわ・しずか）一九一〇～二〇〇六年。中国古代文学。文字学の泰斗。漢字文化の研究から、東アジア文化の深奥に光をあてた。『字統』『字訓』『字通』の字書三部作ほか著書多数。

じゃにして、切り刻まれ捨てられる運命にあると思うんです、言葉は。単なる記号になっているんじゃないか。言葉のいのちも衰えてきて……。

鶴見　言葉って確かに分析の道具なんだけれど。生命の全体性の回復ということは一体どうしてできるか、それは言葉によってできるのかということなのよね。

石牟礼　たぶん言葉によってはできないんじゃないかという気がしますけれど（笑）。

鶴見　そうすると文学はどうなんですか。

石牟礼　いや、滅んでいいんですよ。言葉は、討ち死にして、のたれ死にしていいんですよ。そうなりつつありますもの、いま、気づかないだけで。それで代わりにバーチャル・リアリティでコピー言葉になってますでしょう。生み出すんじゃなくて。時々テレビをみると、激安ブームで安売りされてる。言葉もおびただしい消費財になっていません？　人間さえもクローンでやろうという時代ですから。クローンでやる前にもっと考えなきゃいけなかった。そういうほんとの生きてるリアリティというのを確かめなきゃならなかったけれど、みんなそこから逃げ出して、生きてるものたちをクローンでつくる前に、たくさん捨て去ったものがあるのではないか。おびただしく消費しつくして、廃棄物にしてしまった、人間の生命を。人間だけじゃなくて生命を廃棄物にしてしまったでしょう。

東京に来て一番びっくりしたのは、電車から、人間たちを飲んだり吐いたりしてる駅の風景、あれは排泄物としての人間だなと思った。ああ、人間は東京に来ると排泄されよると思いましたね。突き鉄砲で突き出すようにね。それを思ったのはもう三十年ぐらい前ですけれど、そのときに生命を生命と感じることのできない子供たちが生まれるであろうって、その当時書きつけてると思うんですけれど。そういう子供たちがどんどん生まれてきつつありまして、ああいう子供たちを生み出したものたちは復讐される運命にあるんじゃないかと……。おそろしいんですけれど、そう思わざるをえないですね。

言葉も音楽も人間とともにあるわけですから、消滅して、もう一度罰をあててもらって、それでいいんじゃないかと思うんです。人間に復活する力があれば。なければもういいですもの、滅びても。個体に定命があるように、人類も命つきる時がくるであろうと、私思いますもの。もしかして蘇る能力があって、まるで私たちが想像もつかないような子供たちが生き残って、これから先の世の中を見てくれるかどうか。この時、書物も果たしてあるかどうかわかりませんけれど、しかしいま生きて、ご縁があって、こうして息づきあってて、せめてこの時間を大事にしなくっちゃって思う。

鶴見　私もそう思ってる。この時、この一刻一刻を……。私、もういつ死ぬか、もう死んでるんだけれど、ほんとに息づき絶えるという時に、それがいちばん晴れがましい季節だと思うんだけれど、その時がくるまで、ああ、私はよく生きたなぁと思って死にたいと思って、いま一生懸命、時々刻々を生きてる。

石牟礼　私もそう、よく思いますの、ああ、ごくろうさんでしたねって、よく生きたねって。

あとどのぐらいあるかわからないけれど、せめて……。だから、つらかったけれどよき出会いもあったなぁと。あの方とこの方とこの方……。まあ、お目にかかれてよかったことと思って、大事にしなきゃと思いながらうかがったんです。

鶴見　ありがとう。

石牟礼　ありがとうございます。ほんとうにそう思います。よくぞ生きてお目にかかることができたなと思って……。

カナダで通ずる水俣弁

鶴見　言葉果てるそのときに……。しかも言葉つきるそこが原点になって言葉がでてくるということを、私は脳出血で倒れた晩に経験しました。そのなんといっていいかわからない矛盾、倒れる以前も、ものを書いてるとそれをなんとなく感じる。ああ、これでうまく言い当てたって思うことは非常に少ないでしょう。言葉にすると、あ、裏切った、自分を裏切ったということばかりでしょう。だからいつでもそれで格闘してるんだけれど、私、石牟礼さんの『蝉和郎』を拝見して、今度二人で話し合うテーマはここだと思った。言葉つきるところを原点とする。だけれども、言葉がなければ人間は生きられない。生きられないけれども、言葉にすれば生命はその生き生きした姿を失う。だからその格闘をどうしたらいいのっていう、そのことをね。言葉なくて生きてる人がいっぱいいたわけですから。現代人の以前というのは言葉はあったと思うのよ、しゃべり言葉が。それを文字にするということなの、私の今いっている言葉ということは。だけど、文字にする前に言葉にするんだけど、そのときにもう裏切られるのかもしれない、もやもやした生命というものは。さまざまな区切り点で裏切りが起こる。まず話し言葉にするというところで、最初に言葉を発するわね。呼びかけ。息づきあうというのが一番の生命と生命のふれあいだけれど、それを言葉で伝えようとする。そのときにもう裏切られる。その次にそれをもっと多くの人に伝えようと思って、文字にする。そうすると次の裏切りが起こるというふうに、またその文字もいろんな区切り点があって、論文にしたら裏切られるとか、さまざまな場面で裏切られてる、自分を裏切ってる。

　もう一度、そこに返ると、言葉がなければ話ができない。言葉がなければ自分の心を伝えることができない。だから外国人と話すために外国語を学びましょう、いまそういうことになってる。だけど私はそうじゃないと思う。外国語がペラペラしゃべることができる人が一体どれだけ伝えているか。誤解が誤解を生んでる。だけどその一方で言葉のない人が心を伝えあっている場合がある。

　それを感じたのは、カナダ・インディアンの居留地ホワイト・ドッグに綿貫礼子さんと二人で行ったときなの◆。そしてジョゼフィン・マンディマンという酋長の奥さんが出迎えてくれた。ほんとに大地母神なの。すごく大きな人が岩の上に立って、手を広げて私たちを出迎えてくれた。うれしかったわねぇ。で、私たちと彼女は英語でしゃべった。そうしたら彼女が、テルオが私の家に来て、ここの草の上に座って話をしたんだよ。そしてテルオがこう言ったんだよ、ああ言ったんだよと私に話すの。それで私がびっくり仰天して、それから水俣の川本輝夫さんの家に行って、「あなた英語ができるのね」とまず言った。というのは通訳なんていなかったでしょうから。「えっ、ぼくはできないよ」というから、「じゃあ、何語でしゃべったの」ってきいたら、水俣弁でしゃべったよって。それじゃあ、マンデマンは水俣弁がわかるのってきいたの。そしたら、ハハ、知らないよって。ね、言葉は通じてないのよ。でも、テルオがこう言った、テルオはああ言ったと、テルオの話ばっかりするのよ。私、あきれ返った。まずそれが心の通じ合いということだと思った。言葉がわからなくても……。

それからその次は、水俣で国際会議をやったでしょう（一九九一年）。浜元二徳さんが司会したでしょう。外国人がいっぱい来てる。そこで何語でしゃべるかと思って私が見てたら、水俣弁で、「じゃなかしゃば」ってやった。そうしたら、みんないっせいに立ち上がって、ジャナカシャバーっていうのよ。私びっくりしてね、みんな、ジャナカシャバーって。一体これは何だろうと思ったけどね。水俣弁が世界語になったというのをどっかに書いたことがある。もう外国人がみんな、ジャナカシャバつくろい、ジャナカシャバつくろいって。つまり「こんなじゃない世の中をつくろう」、そういう意味だということが通じ合っちゃう。だから英語なんかしゃべれなくたって、そんなのへいちゃらだということ。一番大事なことは……。

それからもう一つは、極限状況よ。これはね、ベトナム戦争のときに、私の家に脱走兵を泊めた。これは命がけ。もう時効になったからいうけれど。彼の名はテリー。その晩彼はベトナム戦争の話をしてくれた。自分はベトナムで功績を立てて勲章をもらった、それでまた戦争に行った。そうして、自分の上の将官が倒れたので、自分はこうやって肩に背負って、陣営に帰ろうとした。そうしたら、ベトナムの兵士（ベトコン）が向こうからやって来て、撃てばすぐ殺せるところにいて、そして目と目を見合せた。そうしたら、ふいに向こうの兵隊は、後ろを向いてさっさと帰って行った。それを私、歌にした。あれはみんな彼から聞いたことなの。それで自分はわかったって。自分を見たときに黒人だということがわかった。だから殺さなかったのであろうとわかった。だからベトナムにいたら、自分を殺さないで帰っていったベトナム兵を自分がまた殺すことになる、また戦争に行って、ふたたび前線に出ていって殺すことはできない、それで脱走した。いまもアメリカに帰っていない。いまスウェーデンで暮らしている。そのとき、ベトナムの戦場で、テリーとベトナム兵とは全然言葉をかわしてない、ただ目と目を見ただけだけれど、それで通じた。

◆一九七七年七月の、米国オンタリオ州のインディアン居留地ホワイト・ドッグへの訪問をさす。ここで鶴見和子は酋長夫人のジョゼフィン・マンディマンに迎えられた。居留地周辺の湖の汚染と水俣病との関わりなどを聞き取る。その後もう一つの汚染地区グラッシー・ナローズを訪ね、酋長サイモン・フォービスターに出会う。

黒人兵テリーと眼と眼あわせたるベトナム兵はテリーを撃たず
いみじくも辛《から》き生命《いのち》を存《なが》らえてテリーは決す人殺さじと
国と国戦いしとき人と人生命《いのち》をかけて援《たす》けあいたる

（『花道』八三〜八五頁）

おまえはアメリカで苦労してる黒人だなということを、ベトコンは認めた。だから、言葉果つるところで通じあうというのは、極限状況の戦場でも起こりうる。そういうことを考えると、言葉をもたない人同士の息づきというのはある。だけどペラペラしゃべっていくらわかっても、わかりあわない場合もある。

石牟礼　そうですね。田上義春さんといつも目と目で話してます。ほろほろっと涙をだしなさる。あんなに確かな言葉で、ぽっつりぽっつり、多くを語らないけれど、その言葉は珠玉の言葉で……。

鶴見　ああ、よかったわよ、あの人の講演聞いたもの。

もだえ神さん

石牟礼　何かに書いてると思うんですけど、あの言葉がない世界もありますでしょう。

鶴見　そう。言葉のない世界というのは、水俣では一番深いところにある。私たちが出会った人は、石牟礼さんの息のかかった人なの。だから、丸い言葉を持って発語できる人。だけどね、そのもっと深いところに、発語できない魂がある。発語できない魂をどうするかね。それが私はとっても気になった。

石牟礼　それは水俣病が出てきたからだけじゃなくて、昔から言葉のない人たちというのは、おられました。それは例えば、昔の言い方で精薄と言われていたりとか……。失語症、うすのろと言われていたり、黙ってよそさまの門口に立って、だれかお米なり、お金なり、お芋なり持ってきてくれるのを、いつまでも待っていたりとか、そういう境涯の人とか、いろいろいらっしゃいますよね。でも村のなかではある役目をもっていて。役目といっても、行政が資格を与えた役目じゃなくて、「もだえて加勢する」って言い方があるんです。一軒の家にご病人がでたり、けが人がでたり、とんでもない災厄に見舞われたりして、お見舞いに行くときに、でも加勢のしようがない状態のときにもお見舞いに駆けつけて、ごあいさつするのに、なんにも加勢はできませんけれども、「もだえてなりと加勢しませんばなあ」といって、言葉のお見舞いを、私はもだえて加勢しておりますっていうんです。あいさつでいう人もいるんですけれど、そんなあいさつもできないで、ちょっと離れて、心配そうに立って、起きてる事態はなんとなくわかっているらしいけれども、そんな気のきいたあいさつもできない。ちょっと離れて、後ろにいたり、横っちょにいたり。私が来ていますということも知らせずに、黙って、なんかしら全身で心配げに立ってる人がいたりするんです。その人はそういう仕方しかできない。人さまとのおつきあいもできないんですよね。村の中にちょっとふつうの人と違うたたずまいで立っていたり、しゃがんでいたりする人は、そのうち村の人たちも気づくのですが。いつとはなしに、「ああ、あれはもだえ神さんじゃろう」と思うんです。もだえ神さんになって憂えているわけですね。気をつけて見ていると非常に印象深くて、どこのだれちゃんはもだえ神さんだって。私の母はそういってました。村の人たちも、「ああ、あんたもだえて加勢してるね」とは言わない。やっぱりそっとしておくんです。それがその人の存在する意味というか、もだえ神さんというふうに言われています。

鶴見　それは受けとる方が、そのもだえ神をもだえ神として受けとる方の魂がいいのよ。

石牟礼　はい。そうですね。それは違和感なく、両方から受容してる。

鶴見　両方からともに悲しむことができるんですね。胎児性水俣病◆の上村智子《かみむらともこ》ちゃんのような子を、私にはすぐにパッと浮かんでくるんだけれど、それを宝子《たからこ》と呼んだ上村家の人々は、それを受け入れたんです。

石牟礼　そうです。智子ちゃんもですけれども。それで市立病院なんかに、そういう子供たちが一つのお部屋に集められて、似た者同士で弁当を食べてる。隣合わせにいるんですけど、何か小事件がそういう子供たちのあいだにも起こりますね。喜怒哀楽がございますね。それはね、身動きもあんまりできないで、何かあると、めくばせしあって怒ったり、お布団を落っことしたりして上げられない子供たちには、小さなけががしょっちゅうあるんですけど、一喜一憂する合図が互いにあります。それからだれかにお手紙が来たり、看護婦さんが読んで聞かせたりした後の、子供たちだけの世界の中で、私なんかにはまだわからないけど、やりとりがあってるんです。トントンとベッドのはしを指で叩いたり、かなわない指でやってる、喜びあってる。だれがいま喜んでるというような合図もできるんですね。それで先生のお歌にございましたね。魂が飛翔するって、お体が不自由になられてから。

手足萎えし身の不自由を梃《てこ》にして精神《こころ》自在に飛翔すらしき　（『花道』三二頁）

その状態は私が筆を下ろす前の気持ちにも似てるなと思うんですけれど、絶体絶命で回復する望みはまずない、五体不満足になってる子供たちが、けっこうその魂のやりとりをしてるんですね。そういうときにも、あの人たち、もだえ神さんばっかりで、おとなしく喜びあっているんですよね。そういう小単位がいくつかあちこちにずっとつながって、健全な人も交えながら、地域社会が助け合って、そういう人たちを育てる風土がありましてね、鳥のさえずりのような気配が言葉を出せない胎児性の子供たちのなかにあるんですよね。魚がこういうふうに泳

◆**胎児性水俣病**　先天性水俣病。妊娠中に母親が有機水銀に汚染された魚介類を食べることで、胎盤経由で胎児に起こる。重症は全く寝たきりの重度心身障害児となる。動物実験でも、有機水銀が胎盤を通じて胎児の脳を傷害すること、また母乳経由の可能性があることが示された。

いでいるような、喜んでさざ波を立ててるような、気配に満ち満ちているんです。

鶴見　いや、それを感じられるようになってる状態が、なかなか得がたいんだ。私はね、この病気になってから、それがいくらかわかるようになったということはある、気配がわかる。以前はわからなかったものね。今でもまだわからない。自分でまだわからないわね。私のわりあいと近い部屋にいた人ね、ほんとに私、どうしてつきあっていいか、わからなかったものね。時々入って来ちゃうんだもの。言ってることが全然、私もわからないし。「もしもし、ばあさん」って言われてね。私、こわくて、どうしていいかわからなかった。その人を私がすっとまだ受けいれられないっていう自分が、嫌だなあってまだ思ってる。その人はとうとう別な棟へ行っちゃったからね。そこへ行くと、そこでお友だちができるんじゃない。私のいるところではお友だちができなかった。いまあなたがおっしゃったように、そういう形の仲間に入ると、その点ができる。私がそういう人とお友だちになれなかったのは、私がおそれたからなのよ。「夕されば廊下にいでてもしもしと助け呼ぶ媼《おうな》　われも山姥《やまんば》」。私だって同じだって歌を作ったの。だけどね、私だって同じだって、ほんとに思えない。それが私はだめだって思う。

石牟礼　私もそれを思うのですけれど、人間は自分と人さまとの差ですね、差別じゃなくて、差異がございますよね。微妙に人さまとの間にございますでしょう。完璧にそれはなくなるのかなと、自分の問題としてね。いまおっしゃったようなことは始終ございますよね。でも私は一人でおりたがる。人さまがいらっしゃると、ああ、困ったなと思いますでしょう。それでね、もう仕方ないと思いますよ。作品を生むのにとじこもっていても、「顔見にきたばい」とかいって、昔の友人とか親類の人が、ごめんくださいもヘチマもない。もうそういったときは隠れるわけにいかない。

鶴見　こう見てんのよ、他人の部屋をのぞき込んだり、入ろうとしたり、とってもこわかった。それでここでは市民社会というのは通用しないのよっていったら、俊輔（鶴見俊輔）が怒ったのよ、「お前は日本に市民社会があると思ってるのか」っていって。つまり、「だめだぞ」と言われたの。それで反省したんだけどね。生活綴方◆で修行、生活記録運動で修行し、水俣へ行って修行したのに、まだだめだとほんとに思った、ここへ来たり、病院に行ったりしてもまだ直らない。

石牟礼　それでお相手して、心の中でお引き取りを願っているんですけど、やっぱりそう

◆**生活綴方**　一九一〇年代前後のころに登場した、子どもの生活全体の指導を目的とする教育方法。子どもたちに自分の生活に取材した文章を自分のことばでありのままに書かせ、その作品をみんなで声を出して読みあい、討論する。生活綴方の方法を青年やおとなに適用した場合、生活記録とよぶことがある。鶴見和子は、ベストセラーとなった生活綴方の文集『山びこ学校』（無着成恭編、一九五一年）を読み深く感銘、生活綴方運動に関心をもつ。子どものための生活綴方を、大人の人格と思想の再形成に役立てることができる、と考え、「生活を綴る会」を結成する（その成果が『エンピツをにぎる主婦』等）他、様々な運動、講演会に参加した。

いう自分を嫌だなと思います。

鶴見　そう、あなたでも。

石牟礼　はい。むずかしゅうございます。もう永遠の課題ですね。これはもう差別につながっていくとは思うんですけど。私、もの書きしていなくってもそういう閉じこもり型ですけど、業なもんだなと思います。そういう世界から脱却すべきなのに。

鶴見　もう脱却したと思ってるのよ、この病気になったからね。私は健康だという思い上がった自分はもう捨てたんだと思ってるのに、ピュッと顔が出てるから自分でびっくりする。だからアニマが足りないのよ（笑）。

石牟礼　私のアニマはへんてこですよ。それでね、もう考える前におろおろしてるんですよね。いつも何か踏み外すんじゃないかって、ふつうの道から。

鶴見　そうそう、そうなの。心の中に嫌だとか、そういう感覚が出てくることが嫌なの。

石牟礼　嫌ですね、ほんとに。和子先生のように、ほんとになんというか特別に明晰なお方でもそうなんですね。

鶴見　いやあ、

化けものはたしかにありと今信ずわれ妖怪の仲間入りして

というのは、リハビリの病院にいた時、作った。そしたらね、婦長さんがすごく怒った。「あの人たちをあなたは妖怪だと思ってるんですか」って、それで自費出版した『回生』からあれを引っこめた。だけど、『回生』（藤原書店『鶴見和子曼荼羅Ⅷ　歌の巻』所収、三六五頁）の中には入れた。もう病院から出てきたから。病院にいるあいだはあの歌は発表できなかった。ほんとに妖怪の仲間入りしたような感じなの。物の怪になっちゃったという感じ。

石牟礼　私もそういう感じはあります。私、それで

離人症の鬼連れていく逢魔が原

って俳句を作りました。非売品で「天」という題をつけて（句集『天』天籟俳句会、一九八六年。のち『石牟礼道子全句集　泣きながら原〈新装版〉』藤原書店、二〇二四年、所収）。

鶴見　私、あれいいと思った。逢魔が時ということを、よく私の母が言ってたわ。逢魔が時まで外で遊んでいるんじゃないんですよって。恐ろしいこと。いまでも夕方になると思い出す。逢魔が原とか逢魔が時とか、そういうことを昔の人は言ったのね。夕暮れの、たそがれのある時期。

石牟礼　言ってましたね。何か恐ろしい時刻があるんだって。時間と時間との間にね、魂持ってゆかれる刻かもしれませんね。

第4場

人はなぜ歌うのか——いのちのリズム

短歌は究極の思想表現

石牟礼　人はなぜ歌うのであろうと思っているんですけれど、ずっとそのことを考えていて、最近のテーマなんです。歌というのは何なのかと最近とくに思っているんです。そうしましたら、和子さんの歌集が出たりして……。

一度びは死せる我が身ぞ足元の大地崩《く》ゆるともひたぶるに在れ　（『花道』九六頁）

というお歌がございますね。ご自分で歌は思想だとおっしゃってますね。これはだけど、ふつうの人が、いきなり私の歌は思想よといったって……。

鶴見　思想の究極的な表現。

石牟礼　そうですね。ほかの人がいってもあまり説得力ないと思うんです、社会学者としていろいろ業績がおありでございますし、ひとたびは死せるってご自分でおっしゃいますけれども、七十七年間ですよね。その生涯の中で考えてこられた総決算が、倒れられたということで、もっとも本質的な資質が花ひらいてきた。希有な生命の香りです、息をのんでいます。歌うということは何かって私つねづね思うんですけれども、述べるということと歌うということは違いますよね。人間には述べるタイプの人と、歌うあるいは舞うといってもいいんでしょうけれども、分かれると思うんです。述べる人は、政治家も述べる人、学者さんも述べる人であるし、運動家のような人も述べる人、そのほか述べる人っておありですよ。歌う人、舞う人というのはだいたい芸術に表現をもってゆく、一人の人間の中でもそれが分裂しないで、二つながらにもっている人は大変幸福な人だと思うんです。和子さんは双方もっておられて、私がより惹かれるのは、非常に頭脳明晰でいらして、学術論文もたくさんお書きでございますけれども、不思議な熱情が論文の中にも溢れていて胸打たれるんですね。それはやはり歌う素質があられて、その衝動から言葉が出てきて、学術論文の言葉であってもそれが出てきているので、非常に惹きつけられる。元気も引きだしてもらえる。そのようになっていて、今度、歌集をお出しになるような機縁がめぐってこられて、それがとてもはっきりしてきて、ああ、やっぱりこんな和子さんでいらしたなあと思うんですよね。

それで不思議なことに、ずっと昔から、歌をつくらない人でも歌にあこがれるということがございますね。これは私、よその国のことは知りませんけれども、日本人の特質でしょうか。『古事記』『日本書紀』『万葉集』ももっているし、『源氏物語』も歌の調べが下敷きにあるし、摂関家などが代表ですけれども、政治家も歌の世界にあこがれてますよね、現実の政治にも関わるけれども。古代中国やギリシャなんかはそういうことがあったかもしれませんけれども、日本の文化の特質、日本人の文化的な多様性が、昔はあったと思うんですけれども。

鶴見　私についてのコメントありがとうございました。ですけれど、それは日本だけのものじゃないと思う。ただ日本の歌というものは日本の文化に根ざしていると思うんですけれども、歌うということとか踊るということが、学問、あるいは道子さんがいまおっしゃった、述べることの根底にある、ということは、人類の共通のことではないかと思うんです。

というのは、ジュディス・L・ハナという文化人類学者の本の中に、『To Dance is Human（おどりは人間のすること——ことばによらない伝達の理論）』という本◆があるんです。それはどこの社会、どこの文化にも踊るということがあるので、それが人間に共通することなんだ。一つ一つそれぞれの文化で違う形をとって踊りがでてくるわけですね。それが文化なんだけれど、踊るということ自体は人間にとって普遍的なこと。

それで、文化によって歌の形式は違う。文化によって踊りの形も違う。しかし、歌うということと、踊るということは共通のことだし、人類のやることだと思う。蜂だって踊っているわよ。鳥だって舞ってる。そういう意味では生き物の共通と言えるけれど、形の決まった踊りとか、形の決まった歌とかをもっているのは、やっぱり人間に共通だろうと思うのよ。

そういう意味で、私は短歌は究極の思想表現であるといってるけれども、なぜかというと、歌うということと踊るということは、生命そのものの表れだと思うからなの。だから死にかけた時に歌が出る。死にかけた時に踊りも出ると思う。そりゃ二本の足で踊れないけれども、手は舞ってる。手を動かすことができれば、私は点滴を打ってたから動かせなかったから声だけ出した。

さまざまな唸りを上げて病院は動物園のごとし夜の賑やかさ
我もまた動物となりてたからかに唸りを発す　これのみが自由

（『回生』一五〜一六頁）

声を出しても医者に禁じられない。だから救急病院では唸りを発する。ウオーッていうのよ。これ、やっぱり歌じゃない？　生命の響きじゃない？　それが生命なのよ。だからこれはやっぱり述べることのもとに歌があるというのは、歌は生命の表現だからだと思う。そしてそれは日本だけではない。ただ、五・七・五・七・七とか五・七・五という形は日本の文化、日本の言語に根ざしている。だけど、漢詩にしろ、英詩にしろ、それぞれの形が、響きが、調べがあるわけ。

石牟礼　そう思います、私も。文学のはじまりは、各民族とも神話からはじまっているでしょう。神話がはじまるときは、まだ文字はない時代ですよね。神との対話がありえた時代だったでしょうし……。それからこの前、テレビで見たんですけれども、インカが滅ぼされた時の最後の王がいますよね。それをしのんで、あの部族がまだ生き残ってて、王が亡くなった年を記◆

◆Judith L. Hanna, *To Dance is Human: A Theory of Nonverbal Communication*, The University of Chicago Press, 1987.

憶していて、お供養の行事をする場面がありました。歌と集団舞踊で。村々で小さな集団になっちゃっているんですけれども、王の最期と遺言を、集団の舞踊、簡単な、単純な、ただこうして列を組んで、進んでいくような、でも一種の舞踊なんですけれど、それから歌う人もいて、単純な葦笛を鳴らしながら、その行列でずっと、部落を回るんです、王が死んだ日のことを再現してるみたいでした。たぶんそのことはまだ文字に記してなかったと思われるんです。インディオの部族の若者が近代的な歌を覚えて、歌手になって有名になっているんだけれども、その青年が故郷に帰っていって、その場に立ち会う。長老の人が歌うのを、教えてくれと、自分も歌いたいからと申し出るんですけれども、そのおじいさんから、だめだ、おまえはまだ歌えないと、きびしく断られる。それをＮＨＫがとっていて、音は葦笛のような、単純な、かすかな風が吹いてくるとヒュルヒュルと鳴るような、耳をすませてないと聞こえないような葦笛の響きなんですが、おじいさんがそれを吹くんです。それに合わせて、何か語りのような、歌のようなのを語るんです、その部族の人たちが。いまおっしゃったように、踊るというか、行進するというのか、村の人たちが非常に厳粛な面持ちで、お供養の気持ちを、亡くなった最期の王の言葉をちゃんと受けとめて再現している場面がございました。ああ、歌と踊りの最初の形、いま目に見える形で在るのは、こういう形でも見ることができるなと思って、大変感動いたしました。

鶴見　踊るときに黙って踊れないの。リズムがあるから。歌とか音楽とか、調べがなければ踊れない。だから歌と踊りはいっしょのものだと思う。歌いながら踊るというのが最初じゃなかったかな。それがだんだん分化して、歌う人と踊る人、音楽を奏でる人と踊る人というふうになったんじゃないのかな。

絶叫の発作と魂

石牟礼　そうだと思います。和子さんのお歌、なにしろ「歌の火の山」ですから、歌と踊りが分化してきた長い過程を遡って、さらに伝統的な日本的心性の地殻を思想としても突破しながら噴火した歌格だと仰天したんです。

たどられた来し方は、学問上の遊行だったのではないか。お父さまの長きにわたるご看病や

◆インカ帝国最後の王　トゥパク・アマル（一五四五〜七二年）。インカは十五〜十六世紀初期に南米ペルー高原を中心に大帝国を築いた。一五二五年、ワイナ・カパク王が後継者を決めずに死去したため、二人の息子ワスカルとアタワルパが王位継承をめぐって対立、三二年ワスカルはアタワルパに捕えられた。この状況でスペイン人の征服者ピサロが火器を携えてやって来た。インカの人々は白い肌をしたスペイン人を神の生まれ変わりと信じて抵抗せず、ピサロはアタワルパ王を捕えるだけでこの帝国を支配する。アタワルパは秘かにワスカルの処刑を命じるが、ワスカルの殺害等を理由に絞首刑となる。ピサロはワスカルの弟マンコに王位を継がせたが、マンコは反乱をおこして失敗、山岳地帯に追いこまれたところで供の三人に暗殺された。最後の王となったマンコの息子トゥパク・アマルはスペイン人に斬首される。こうして王統はたえた。

欧米留学、大人の綴方教室にかかわられて、たぶんご自分とは対局にある人生を垣間みて、ここが凄いと思いますけれど、根っこから同化してしまわれる。水俣の場合もそうですけれど。踊りも究められて華麗ですけれど、これまた遊行の趣きがございます。

人の魂をゆさぶる表現というのは何によらず、見えない奈落を踏まえてせり上ってくるものだと、常々、私思います。「半世紀死火山となりしを轟きて煙くゆらす歌の火の山」(『回生』五頁)と歌われて、「これは究極の思想である」とおっしゃれば、思わずはっと仰ぎ見て、どきーんとするんです。

倒れられたときに、生きるか死ぬか、トンボの糸が上がってくる。そのときにしっかりつかまえたとおっしゃいますけれども、私は小さいときから歌うのが好きでございまして、というのも祖母が狂女でございましたから、それこそウォーッというようなときがありまして、正直、私、その声をちょっと消したいと思ったのか、そこで小さな声で語るというか、歌うんです。奇妙な祖母と孫の一対だったと思うんですね。デュエットしてるんですが、自分の歌いたい気持ちは、祖母の狂気を、荒ぶる神がとり憑いているかもしれないし、なだめる気持ちもあるんですけれども、もっと自分の生命の根源といいますか、生命の一番源のところに向かって呼びかける。呼びかけて、なにかしら身も世もない心持がありまして、私ここにいますという気持ちもあるし、ここにいますという気持ちは大変複雑なんですけれど、喜びがないわけじゃありません。レンゲを摘んだり、田んぼの中で花菖蒲に見とれていたりしてるときには、うれしいという意識なしにうれしくて、チョウチョが飛んでるのを見ると、ついていったりするんですが、生きているということのあらゆる意味をこめて、神様、私、ここにいますって。神様のような何か、いまおまえを預かってるよっていうような巨きな、神のような存在が近くにあって、一体であることをたしかめたいのでしょうか、声を調節しながら自分をまるまるゆだねている、そんな気持ちのようなんでございますよ、歌うというのは。それで文字にもいたしますけれども、声に出して歌うときは、おっしゃるように心も舞ってるんですね。それでカーテンを引っぱり回して、窓を全部、ほんとは二重窓がほしいんだけれど、そうすると思う存分声を出せるんですけれど、大変不自由な思いをしながら、歌をやめられない。そのことと書くということは、私の場合は一体でして、一体にさせないと念いが拡散しますから。精神の弓を引きしぼって、心を一筋の絃にしていると、神の手が試し弾きなさるときがある……。

昨日、しきりに言葉が二律背反するということをおっしゃってましたね。そのこともずっと考えてますけれど、心に鳴っている韻律と文字を書くことの間にはたしかにぴったりしないことが多くて、やり損なったらまたやりなおすしかなくて、延々とやっているんでございますけれどね。呼びかけるんでございますよ。自分を包んでいる巨きな世界のどこかに。届くか届かないか、それはわからない。

鶴見　他者への呼びかけと同時に、自分への呼びかけなのね。自分の魂をゆり動かす……。

石牟礼　はい。自分の生命の絃。かくいまこのような状態でいる私を、いまおっしゃったように、ゆり動かし、これでいいのかって。いつも、よりしんとした美的な世界に自分を連れてゆきたい。そこは彼岸かもしれない、それとつながりたいという気持ち……。

鶴見　それは祈りだわね。

石牟礼　そう、祈りです。

鶴見　そうなのよ。歌っていうのは、祈り歌からはじまったんだと思う。自分より大きなもの、そう、道子さんがおっしゃった、大きなものへのあこがれとか、つながりたいということ、それだと思う。

石牟礼　はい。自分の生命を預かってくださっている、どこか遠いところ、あるいはすぐ身近にあって自分をすっぽり包みこんでくれている存在の光とでもいうのか、その光に対して、これでいいんでしょうかって……。そうですね、祈りですね。

鶴見　それを私がほんとに臨死体験の時に体験したのは、『回生』という歌集の最初にあるんだけれど、みんなウオーッ、ウオーッて救急病院でいってる、夜中に。そうしたら、「我もまた動物となりてたからかに唸りを発す　これのみが自由」（『回生』一六頁）。もう自由が利かない、体がもう。しばりつけられてるというか、動かしてはいけないから、点滴でしばられているから、どこも動かせない。ただ、声をだすことはできる。だからこれは歌のはじまりだと思うけどね、発声というのは。思いっきり高らかにウオーッて。そうすると自分の魂が呼びさまされるのよ。自分が自由になる。それは発声しないでいられないから発声する。それが歌のはじまりじゃないかしら。

石牟礼　そうですね。私も母が死にました時、ほんとに受難の一生でございましたから、よくまあ耐えて発狂もせずに……。首もくらないで、自殺もしないで、人も殺さないで、どんなにか辛かったろうに、よくまあ……。悲母観音のように……、よくあんなふうに生きていてくれたなと思って、その母が死にました晩に、夢でもなくて、ただもう絶叫の発作が出たんです。熟睡してるさいちゅうに、自分の絶叫で飛び起きて、くり返して絶叫の発作が、ウオーッという……。回りがびっくりして飛び起きて、私もびっくりして飛び起きましたが、止まらないんです、目が覚めても。

鶴見　そうでしょう。私、それなのよ。なんて不思議なと思った。

石牟礼　私もびっくりして……、それが止まらない。ほんとに谷底のライオンが天に向かって声のかぎりに呼ぶような気持ち……。

鶴見　ウオーッていったの、いまでも覚えてる。そうしたら、やっと解放されたという感じになったの。あれが歌のはじまりね。

石牟礼　そうですね。そんなことわが身に起きるとは予想したこともありませんでした。泣くわけじゃないんです、ただただ絶叫なんです。

鶴見　そう。うなりを発する。

石牟礼　それが七、八へん。周りの者たちが取り押さえて、もう仰天して……。母が耐えていたことが、何千回何万回、ありましたでしょうか。

鶴見　だからお母さまに代わってそれを解放したのよ。

石牟礼　まあ……。ほんとにいろんな断念を、母だけじゃなくて、人間はどんなに幸福に育った人だって、何も人に言えないで、これは自分の胸の中だけで飲みこまなきゃいけないということが数限りなくございますでしょう。そういう意味では、世にいう幸せ不幸せというのは、私、平等になると思う、断念の深さにおいて。だからそういう断念は、しかし一人の人間が死ぬ時は飲みこんで死にますけれど、それはなんとなく伝わっていくんです。受けとっていく。それをかろうじてつなげるものがあるとすれば、述べることではなくて、やっぱり歌ですね、死ぬ間ぎわの声音というか。

スピノザ・フイスと西行庵

鶴見　私もそう思う。私、それをとっても感じたのは、吉野山なの。吉野山の夜桜。吉野山に十年ぐらい前だと思うけれど、俊輔に誘われて行ったことがある。◆それで私はそれまで桜というのは華やかなものだと思っていた。夜、お寺に泊まるでしょう、あそこは。お寺の境内に出て、桜がずっと咲いてる下に自分が立ってたら、怨念みたいなものがずっと……、それで考えてみたら、後醍醐天皇でしょう、源義経にしろ、西行にしろ、全部この世の権力を断念して、あそこへこもった人たちがいるの。静御前にしろ、この世の幸福とか、権力とか、金力とか、すべてを断念してあそこへ行った人なのよ。その怨念がグーッと上がってきて、みんなでそこで饗宴してる、宴をしてる。飲んだり踊ったり歌ったりしてる。それがずっと伝わってくる。それで、私、あぁ、桜っていうのは断念した人々の怨念を背負って毎年咲いてるんだなぁ、って身がふるえるように思った。そうして思ったけど、それを私が言葉で表すことができなかった。もう十年ぐらいたってる。

そうして、あれだけの思いをしたのに、それが表せないのに、今度、こういう病気になって一度死んで、そしてこれはすごい断念よね、いままでしてた仕事も何もかも全部、断念して、隠れ家に入った。隠れたわけ。お隠れになるというのは死ぬことだけれど、隠れたわけ。そうして春がきたときに、急にそれがまた自分の中に湧きあがってきて、歌になった。「吉野回想」という一連の歌ができた。

断念せし念《おもい》烈々と受け継ぎて吉野のさくら夜桜の怪
権力を断ちたる人ら今にして隠れ宴《うたげ》す吉野夜桜

（『花道』四〇頁）

それで、とっても不思議なものだと思う。そういう思いというものは、言葉によって伝わる

◆現代風俗研究会（当時の会長は多田道太郎氏）の主催の吉野行（一九八五年四月）。

場合もあるけれど、その原風景というか、あるいは桜の花という、循環して毎年生きている、その植物よね、あなたはほおずきを不思議な植物とおっしゃるけれど、植物だわね。その地域のその植物の中にふわぁーと入りこんできて、あとで来る人につながってくる。だけど私にもし、全然知識がなければ、言葉による知識、つまり義経がどうとか、静御前がどうとか、西行法師がどうとかということを知識として知らなかったら、ただ感じるだけでわからなかったと思うけれど、一応知識として知っててその場所に行って、はじめて感じた。感じたけれども、それを言葉で述べることがその時できなかった。ところが、私がこういう状態になったときに、はじめてふわぁーと歌になって出てきて、私、やっとほっとした。

そうしたら、さっきそれは日本人だけでしょうかとおっしゃったわね。その次が出てきたの、不思議に。何が出てきたかというと、西行庵に行ったのよ、そして西行庵で桜が満開からちょっと散りかけた時だった。それもその時は自分がものに書いてないし、歌も出てないし、何もなかったけれど、そのことを心にとめていたのが急に出てきて、それが何と結びついたかというと、それから数年後に、国際会議があって、呼ばれてオランダに行ったときのことと結びついた。そのときにどうしてもオランダに行きたいと思ったのは、私が西洋哲学史の中で一番好きなのはスピノザ◆なの。オランダはスピノザの国だから、スピノザの最後にいたところに行ってみたい、棲家に行ってみたい。その一念で行って、すぐに向こうの人に「スピノザの住んでいた家はいまあるか」ときいたら、「あるよ、この近くだよ」って。一時間もあれば車で行くというから、スピノザ・フイス（ハウス）というんだけれども、そこに連れて行ってもらった。その時のことを私がまた急に思い出した、病気になってから。吉野山を思い出したら、スピノザが思い出された。なぜかというと、桜が散るころに西行庵に行った、日本で桜が散るころにオランダではチューリップが萌えでてくる。そこには地球的規模で自然の循環があるわけよ。そしてスピノザ・フイスにはチューリップが植えてあった。そのときは冬だから花は咲いてないけれど植えてあった。そうすると、

チューリップ　スピノザ　フイスに萌ゆらむか西行庵に花の散るころ

（『花道』四二頁）

という歌が出てきた。

さっきの人類の話なんだけれど、西行◆とスピノザは時代は違うし、全然住んでいた世界も違う。ところが共通点が一つある。それはかつて権力の機構の中にいたということなの。スピノ

◆**スピノザ**　(Baruch de Spinoza)　一六三二〜七七年。オランダの哲学者。『エティカ』(一六七五年。邦訳は畠中尚志訳、岩波文庫、一九七五年)。
◆**西行**　(さいぎょう)　一一一八〜一一九〇年。源平争乱期の歌人。武士であったが一一四〇年に出家。その後、吉野山の麓に庵を結ぶ。各地へ旅を重ねたのち、一一四九年頃から高野山に居住。「願はくは花の下にて春死なむそのきさらぎの望月のころ」

ザは時の政権担当者デ・ウィットの信頼篤く重用されていたが、デ・ウィットの死後、彼は権力を去った。スピノザは自由思想のゆえにユダヤ教会からも破門されて、隠棲した。その隠れ家が「スピノザ・フイス」である。隠れ家でレンズ磨きをしていた。西行も権力を捨てて、西行庵に引き籠った。権力を断念して隠れ家に住む、そしてそこでスピノザは彼の『エティカ』(倫理学)を完成した、レンズ磨きで暮らしを立てながら。西行はそこで歌人としての生涯を送った。武士を捨てて。よく似てる。それが急に結びついたのね。こういう状態になって、自分が一度死んだから、断念ということと、それは国を超える力をもっているということがわかってきた。断念した人間の紡ぎだす思想というものは、普遍的な意味をもつ。スピノザにしろ、西行にしろ。桜が散るころにチューリップが咲きはじめた。それで、あぁ、これだ。それを病院で見てた。病院の庭で桜が散ったらチューリップが萌え出ずる。つまり自然の循環ということの中に人類の普遍性というか、いままで私がやってきた、比較社会学とか比較思想、それが隠されているということを、桜とチューリップの関係で教えてもらった。私、とってもうれしかったのよ。

だからはじめに生命があって、歌があって、そしてそこから思想が出てくる。述べることが出てくる、言葉が出てくる。そういうことじゃないかな。

石牟礼　そうですね。それで、

年ごとにまみえる桜色艶の深まりゆくを我が老いとせむ　（『花道』七七頁）

すごい歌と思いましてね。

鶴見　しょってる歌じゃない？（笑）

石牟礼　いや、岡本かの子に「年年にわが悲しみは深くしていよよ華やぐ命なりけり」ってありますね。あれと似たようなというか、氏育ちも資質も違われますけれども、桜の色つやが年々違うんだということね。こういうことをいうのに、いままでの桜はずっと同じ桜だったけれども、今年は色つやが深いなとか、散文的に言ったって、あらそうって、メモのようにしか聞こえませんけれども、歌にするとグーッと幽婉な色つやになりますよね。それを歌った人の心の色つや、老いの色つやも……。

鶴見　それを自分のお手本にしたいという意味なの。

石牟礼　でも、歌った人の、それこそ思想といってもいいし、情感といってもいいし、歌われた歌がその人と一体化して、歌の格といったらいいんでしょうか、詩品の高さと深さになって、いくたびも蘇る、歌そのものも。そんな歌だ、やあすごいねえと思って……。

鶴見　おそれいります（笑）。

魂を通りぬけた深さ

石牟礼　いやあ、とっても壮絶ですね。凄絶。

鶴見　生命の終わりに近づくということは、壮絶なことよ。そして晴れがましいことよ。俊輔が、私が今年（二〇〇〇年）、朝日賞をいただいたときに、いろんな話をして、うん、これが一番のハレだから、最高のハレだからねって言った。そうしたら、まだあるわよと私が言って、えっ、もっとごほうびもらいたいのと言ったから、とんでもないわ、死ぬことよっていったら、ああ、そうかって……。最高のハレは死なのよ。

石牟礼　ああ、私もそう思います。

鶴見　一番のハレなのよ。そこをめざしてるのよ、いま。だから壮絶なのよ。壮絶であって晴れがましいこと。

石牟礼　壮絶で凄絶で、私もそう思いますね。死ぬことに向かってわれわれは生きてるって、私もそう思います。一番最後に死があるのは何と幸せだろうって。まったく同感でございます。私もそこをめざして、遅ればせながら（笑）。

鶴見　道子さんはまだ、ちょっと早いですな。

石牟礼　いやいや、やっぱり日々その用意をする気持ちでございます。

鶴見　時々刻々なのよ、私は、時を刻んでいるの。

石牟礼　そうかもしれませんね。あやかりたいものでございます。ほんとに。それで、私にもできるかもしれない歌があると思って……。

鶴見　とんでもない、道子さんの方が（笑）。道子さんは文学者じゃありませんか。私は述べる人、あなたは歌う人なんだ。

石牟礼　いや、なぜ今歌をやめてるかといえば、水俣に取りかかりましてから、歌では表現できませんでしたもの。これからできるかどうかはわかりませんけれども、しゃにむに歌にしなくてもいい世界で、あれはあれで……。

鶴見　いや、道子さんが『苦海浄土』を書き、そして水俣の闘争を全部あのように書いてくださったこと◆は大変ありがたい。私にとっては、道子さんのお書きになったものが一番の頼りになりましたね、水俣を知るために。それだから、あれは歌っただけでは、これだけ伝わらない。後の世に語り継がれていくために、あれはほんとに大事なお仕事。だからほんとにすばらしいと思いますよ。歌だけではできない。

石牟礼　ほんとに歌だけではできませんでした。歌をしばらくお休みしようと……。

◆**水俣の闘争を書いた石牟礼道子の著作**　『苦海浄土』（講談社、一九六九年）『流民の都』（大和書房、一九七三年）『天の魚』（筑摩書房、一九七四年）『椿の海の記』（朝日新聞社、一九七六年）。

鶴見　後世に語り継ぐために、歌だけでなくて、あのように文章で書いていただいたことは、ほんとにありがたいことです。歴史なんです、あれは。

石牟礼　なんと申し上げたらいいかとても困る。わたくし非常に傾いているといったらいいのかしら、私の見方がですね。

鶴見　いや、「私」を通して見なければ何事もはじまらない。そこが大事なの。「私」を通さないで見るだけなら、それはコンピューターでもできる、ロボットでもできる。「私」の魂を通さなきゃだめです。それを失ったのが、いまの多くの学問。だからそこから出なきゃだめなんです。魂から、ほんとに内発という、内側から出てこなきゃだめなんです。

石牟礼　てれちゃった（笑）。

鶴見　客観性という言葉が誤って使われていると私は思います。魂を通り抜けなければ、ほんとのものは出てこない。

石牟礼　水俣の言葉ですが、あまり出来がよくない、壊れかかったということを、おろよか、というんです。美しいとか大変よろしいというのを「よか」と申しますでしょう。それに「おろ」とつくんです。

鶴見　おろおろする「おろ」？

石牟礼　でしょうね、きっと。おろよかというんです。完璧にはよくないって、どこか壊れかかっているよさという意味で、言葉や行いに対して、あるいはその人格に対して、おろよか人間とか、あんまり完璧によくないという意味を、おろよかもんな、っていうんです。私の魂なんておろよか魂……。

鶴見　とんでもない。魂の深いってのがあるでしょう。道子さんの『苦海浄土』の中に出てくる、この子は魂の深か子だって、あれよ。魂が深い。魂の深い人が魂の深い人と響きあったんです。おろよかだったら響かない。

石牟礼　しかし、和子さんのような方とお目にかかれて……、あの強い輝き、あの論文もですが。

鶴見　いや、論文にはほんとに魂は入ってないと思う。自分は魂をこめて書いたつもりでも、まだ私の魂はだめだったんだよ、あのころ。いま少しずつ浄められているんじゃないかな。

第5場

近代化への問いと内発的発展論——水俣

近代化論と内発的発展論

石牟礼　それで、敗戦直後『思想の科学』をおはじめになったころのことをお書きになっていらっしゃいますけれど、戦中の鎖国のあいだじゅう外国で何が起きていたのか、アメリカやイギリスの学術文献なんかを取り寄せて、むさぼるように読んだって。たとえばガートルード・ジェイガー『生まれた儘の人の哲学』など（『鶴見和子曼荼羅Ⅰ　基の巻』「「戦後」の中の「思想の科学」」二六頁）。それを日本の学者やインテリたちに伝えたいということと、それからもう一つは民衆の暮らし方や考え方や知恵に学びたいと、「高く翔んで深く沈む」というその二つの目標を最初に掲げられたんだということ。しかしこの二つは大変結びつきにくいという意味をお書きになっていらっしゃいますよね。それを結びつけるための方法のいくつかに気づかれる。これまでの学問には、小さな枠組がたくさんあって、そんなのばかりの中にいるとなんでも当てはまってすぐ答えが出てくる。そういうやり方でやってきたのは、自分に何かを背負っていないからだとお考えになって、内発的発展というお考えが出てきて、いまもずっと内面の構築がなされていると思うんですけれど、もうだいぶ、お書きになっていらっしゃいますね。肉声でも語っておられて……。

鶴見　内発的発展論というのがどうして出てきたかというと、まったく言葉として出てきた。

結局、いまになってそれが言える。私の魂から内発的に出てきたんじゃない。「述べる言葉」として出てきた。それがだんだんに、いま、わかってきた。つまり自分が過去に言ったときはわかっていなかった。言ったことはいままちがっていないと思うけれど、その意味は非常に浅い、つまり「述べる言葉」でしか述べていない。自分の魂がこもっていなかったということが、いまになってだんだんにわかりつつある。

それはどういうことかというと、アメリカで社会変動論と近代化論を学んだ。その時に、これはもうたびたび書いてますけれども、そのころタルコット・パーソンズ◆が主流だった。私の先生のマリオン・リーヴィ◆も、ウィルバート・モーアも、プリンストンの先生方は二人とも近代化論の偉い人だけれど、社会学者で、その二人ともパーソンズの弟子だった。パーソンズが

◆**鶴見和子が敗戦直後、むさぼるように読んだ文献**　B・ラッセル『西洋哲学史』、H・ラスキ『信仰・理性及び文明』、J・ニーダム『生物学と社会変化』、R・カルナップ『科学における理論と予測』、L・マンフォード『生きのこる為の価値』、E・H・カー『西欧世界に対するソ連の威力』、A・N・ホワイトヘッド『科学及び哲学論』、B・マリノフスキー『文化の科学的理論』、C・A・ビアド『共和国』他多数。

◆**タルコット・パーソンズ**　(Talcott Parsons)　一九〇二～七九年。アメリカの社会学者。アメリカ社会学の経験主義偏重を批判、理論と調査の総合をはかり行為の一般理論を提唱した。

◆**マリオン・リーヴィ**　(Marion J.Levy Jr.)　一九一八～二〇〇二年。アメリカの社会学者。鶴見和子のプリンストン大学大学院時代の指導教授。

いうには、近代化には二つあります。一つはアメリカとかイギリスとか、そういう西欧の先進国。それは自前で、ほかの国がどこも近代化されていないとき、たとえば十七世紀のイギリスの産業革命、これが近代化の発祥です。どこにも近代社会というのがないときに、自前で自分たちの近代の社会の形をつくってきました、理論をつくってきました。これは内発的発展です。自分たちの社会の中から、自分たちで自前でつくって、ひとのまねをしたのではありません。厳密にいえばイギリスが一番最初ですが、その後、アメリカも同じようにやった。

ところが、イギリスとかアメリカがもうお手本をつくっちゃった。その後に遅れてきた国、たとえばアジアの中の日本とか、それからまだもっと遅れているラテン・アメリカ諸国とか、それからアフリカとか、そういう社会ではもうお手本があります。だからやさしいんです、時間がかからないんです。もうお手本をもらって、イギリスやアメリカからやり方を学んでやるから、速くできます。そうでしょう。イギリスが三百年かけたところを日本は百年でやった。だからこれはとても速くて得なんですって言った。だからこれは内発ではなくて外発です。お手本をまねるんだから。

そういうように二つのタイプがありますよということを言った。だからだんだん近代化というのが進めば、現在のアメリカとかイギリスのような経済的に繁栄して、政治的に安定した社会にどの国もなっていきます。そういうことを言った。私がアメリカで一九六〇年代に学んだ近代化論では、そういう考え方が支配的だった。

そういうことかなぁって。私、その理論を一生懸命学んでいた。その理論で、そういう近代化社会はこうなるこうなるって、いくつも仮説的命題があるわけ。それはアメリカとかイギリスがこうなったから、そういうのを今度は日本とか、中国とかにあてはめていく、というやり方なの。その他の国は私よく知らないから、まず日本とか中国とかにあてはめていくと、そうならないところがでてくるわけ。そうするとそれは、遅れですって、ゆがみですって。だからそういうのは早く捨てて、こっちへ行った方がいいと。けれどもそうかな、そういうものかなあと疑問をもった。

日本に帰ってきて、日本では公害先進国、水俣病が起きる。そして日本は公害先進国になった。ちょっとおかしいんじゃないかという感じがしてくるわけ。アメリカ流の近代化論をあてはめると、公害問題が最初に近代化のはっきりしたアンチテーゼを示しているのに、水俣のようになっていくのがいいことになるわけよ。水俣のようなところはどんどん捨てちゃって、どんどん大工業化して、自然をどんどん破壊していけばいいことになる。そしてどんどん経済成長していく。じゃあ、人間はどこへ行くんだろうって、わからなくなるわけよ。そこで考えたのが、先発国は内発的、後発国は外発的じゃなくて、後発国もまたすべて外発ではなく、内発と外発と、両方がある、ということではないのか。もちろん海外から出てくるお手本をもらうこともあるけれども、それだけではやっていけないのであって、内発もある。内発と外発と両方あるということが後発国の一番大きな問題で、自分たちの地域の自然生態系に適合していて、それぞれの地域の人々の必要に応じて、人間を幸福にしていくような発展の仕方があるのではないか、ということを考えはじめたのが内発的発展論のはじまり。

水俣はすごくいい事例だったわけ。後発国がどんどんあのやり方でいけば、どこもかしこもみんな水俣になっちゃう。工場は、水俣がだめなら千葉へ行くとか、工業は移動していける。ところがそこに住んでる人は、そういうわけにいかない。そこに代々住んでるんだから。そういう問題が出てきたからはじめてわかった。内発的な発展、水俣が水俣なりに発展していくというのはどういう形によってであろう。そのときに患者さんたちの思い、道子さんは、死ぬまで希望をもっているのが人間であるとおっしゃってるけれど、その希望というのは、影の部分、実像の影であって、その人たちが言葉で述べないこと。述べないけれども心の奥底に念いとしてもっているもの、それを大事にしていかなければならない。そうすると、社会学の言葉ではニーズという、いやな言葉をみんな使っているけれど、basic human needs、人間の基本的必要性、ニーズという言葉が流行ったのよ。私、ニーズなんてものじゃないと思う。それは念いなの、望みなの、願望なのよ。そしてそれは語られない、深く沈んでいる願望なの。それをどうやってだしていくか。そして人々の念いを社会変化の方向づけに使っていけるか。それが私にとっては内発的発展論のはじまり。だから水俣というのは、すごく私にとって貴重な教えであったわけ。

工業基地の水俣と人の道

石牟礼　私は水俣で、こういうことを最初言われたんです、水俣市の繁栄のために、水俣市民五万近くの市民の命と、当時は百二十六人名前の上っていた患者の命とどちらが大事かって。

鶴見　ほんと？　そういう発想そのものが人権侵害じゃありませんか。つながっているわ、いまの支配者に。

石牟礼　はい。それがまかり通って、少数の水俣病患者百二十六名、五万人近くいた水俣市民の命、水俣市の発展のためには生贄になって当たり前だみたいな、圧倒的多数の意見だったんです。最初の市民大会でそれを決議したんです。

鶴見　だから水俣病という名前をやめようというんでしょう。

石牟礼　そうです。ちょうど高度成長の推進期で。患者数も当時は少なかったんですけれど、工業先進地というのを水俣市はめざしている。国の方針といえば高度経済成長で、日本列島改造をやるんだという路線が敷かれはじめて、すぐ水俣のことが出たわけですので、工業先進国の工業基地になっている地域があちこちにあるはずなんだけれど、どうなるんだろうと思いまして。これがまかり通っていけば、私の手ざわりとして感じている人たち……に、みんな黙って死ねということでしょう。すぐに死ぬだけでなく、治りませんから、もう治らないとわかってました、当時から。

鶴見　治らないという点では私の病気と同じ。原因は違うけれど。

石牟礼　その人たちが生まれて生きて、いろいろ思って、人間の絆を深く大切にしあって、いろいろ取るに足らないような日常かもしれないけれども、取るに足らない日常って大事でしょう。そこで情けをかわしあって生きている。宮沢賢治の詩（「雨ニモマケズ」）じゃないけれど、病気の子供あれば行って看病してやり、けんかや訴訟があればつまらないからやめろといい、というような、たとえよそさまの赤ちゃんでも、笑えばみんながよろこび合うような、そういう日常ですよね。そういう日常の世界をなくしていいのかしらと思いましたの。だけどそういうふうに考えている私の言葉というのは、まだ文学者の卵のようなもので、いまもそうだけれども、もっと人倫の言葉といったらいいでしょうか……。

鶴見　人倫は教育勅語だ。

石牟礼　でも、昔の年寄りたちの言葉でいえば、人の道ですよね。人の道というのはどうなるんだろうか。親が、人の道にはずれることとするなって言ってたんです、朝晩。

鶴見　うちの母親もそうだった。

石牟礼　その人の道、少ない知識で、学問の言葉なんか知らないわけですから、水俣からは私のようなものが言わなきゃならない。それこそ、中央からどなたかおっしゃらないか、中央というのに当時からちょっと反感ももっていたんだけれども、こういう時にちゃんと言葉を発してくれそうな人が水俣からじゃなくて、どっか中央でも、学者のような人たちが言ってくれるといいんだけどなぁって、人の道にはずれることをするなというようなことを、学問の言葉にしてピシッと言ってくれないかってしきりに思って、触手を私は伸ばしているんです。そうすると、そのうち『思想の科学』を熊本グループで編集しないかって俊輔さんからお話があって、まだ『思想の科学』がどういうものか知らなかったんですけれど。なにしろ本屋のない町に私は住んでるものですから。教科書を売るお店しか知りませんから、短歌をつくるようになって、熊本市に行ったら本屋さんがあるのでとても新鮮で、「五高生」とか、第五高等学校ですが、ラフカディオ・ハーンとか、夏目漱石というのが、歌人の仲間うちで、話題になってる。五高生たちがいて賑っていたなという。どういう世界かしらとカルチャーショックを受けました。そして学問の世界というか、文字を読む世界というのが、日常ここでは生きているんだということを一挙に知るんです。それから谷川雁◆さんとも同じころに知り合いになって、大正炭鉱の争議というのがありまして……。『工作者宣言』（中央公論社、一九五九年）というのを雁さんが書きましたけれども、「サークル村」というのを雁さんがおっ始めて、一種の文学運動ですけ

◆**谷川雁**（たにかわ・がん）一九二三年水俣に生まれる。詩人、評論家。一九五四年、第一詩集『大地の商人』を刊行。五八年に森崎和江、上野英信らと雑誌『サークル村』を創刊、評論の道に入る。五〇年代末の三井三池闘争に加わる。一九九五年死去。

れどそれに入れといわれ、炭鉱争議の真っただ中に連れて行かれたんです。そうしましたら、南九州の貧農地帯や漁村から炭鉱夫たちが行ってるわけ。後で気がつくんですけれど、川本輝夫さんも田上義春さんもみんな炭鉱に行ってるんですよ、当時。食べていけなくなってて、漁がだめになってて。長くはないんですが、行ってるんです。そのほかにもいろんな人が炭鉱に行ってるんです。そういうことをまだ知らなくて、歌人たちとつきあいはじめていたんです。炭鉱にも行きはじめて、私、日本の近代の内容というのが一挙にわかったんです。鹿児島からも、熊本からも、長崎からも、佐賀からも、大分からも、全部、炭鉱に来てる。そうしてその炭鉱が閉山されようとしている。つまり日本の産業社会の根幹、エネルギー産業である筑豊炭鉱がつぶれかかっている。私の隣り近所の村々からも炭鉱に行っていて、留守家族は「三ちゃん農業」と当時言われていました。農村もがら空きになっていくんです。それで、そういう日本近代の基幹産業に人的資源を送り出していた九州の農漁村ががら空きになっていて、そして流民化していくんです。五、六年ぐらいのあいだに一挙に日本の近代化というのがこんなふうになっているというのが、現場からわかったんです。

鶴見　だけどそれは歌人仲間とつきあうことによって、そこへ行けたわけね。だから歌が媒介になっているわけね。

石牟礼　いえ、それはまた別なんです。歌人仲間は、とてもいい仲間に恵まれましたけれども、水俣のことは話せないんです。水俣のことを話したら、向こうが後ろへ引くような感じを私の方が本能的にもつんです。言ってはいけないな、言えば平穏を乱すという気持ち。なにしろ未曾有の事態が起きてるんだけれども、こんなに大変になっているということを言えないんです、お歌を歌っている人たちという感じでね。叙情的な世界でしょう。

鶴見　それがね、歌は叙情じゃないというのが私の考えなの。私、叙情歌というのができないのよ。歌というのは勁《つよ》いものだと思うの。

石牟礼　私もそう思います。

鶴見　歌は生命、歌は力なのよ。そうでなかったら立ち上がれない。叙情だったらヒョロヒョロしちゃうわよ。私はほんとに歌ってのは勁いものだと思ってる。だから歌は叙情という、いままで言われてきたことは、私はとっても疑問に思ってる。

石牟礼　花鳥風月でね。しかし花鳥風月はとても大事なんだけれど……。日本人の情感のもとですから。

鶴見　いや、写生しなきゃだめよ。だから花鳥風月を写生というふうに、自然詠とすればいい。だけど叙情ではない。魂の叫びなんだから。

石牟礼　ある時期までは叙情でよかった、ある世紀までは。だけどそれもめちゃくちゃになっているのに、花鳥風月もめちゃくちゃになっているのに、もう歌えない。その世界はもう死につつある。どうして気づかないんだろうと悶々としてました。歌壇がそれにふれようとしないんです、真っ正面から。本当は瀕死の花鳥風月なのに……。

鶴見　死んでる花鳥風月を歌わなくちゃいけないのよ。私、幻影を花鳥風月といってると思う、いまは。死んでるの。死にゆくもの。

石牟礼　はい。それで歯がゆいんですね。自分もこの異様な世紀を歌にすることができないで、それでしばらく私は歌えないと思って……。歌の先生にとても大切にしていただいたんですけれども、不肖の弟子のような形でおん出ちゃったんです。そして雁さんに連れられて炭鉱へ行くんです。短歌の世界は地方文化人のサロンでして、その社交的雰囲気は私の危機意識とそぐわない、全然。ひそかに思うに私なんか異端というか異分子で、非常に孤立した気持ちで耐えがたい時間を……、そこへ行くと香水の、その気持ちもわからないではないけれど、農村の主婦たちなどがせめて歌会の日には、満艦飾で来て、彼女たちも日常はぎりぎりに束縛されてますから、いつもはたぶんつけない香水を、匂いからして濃いのをつけてくる。

鶴見　土の香りを消してるのね。

石牟礼　そうそう。私、彼女らの気持ちがわかるだけに耐えられないんです。なんとはない文章を書いて、歌をつくれなくもなってまいりまして、炭鉱に行ってみたら、私の周辺からいなくなった青年たちが炭鉱に行っているということがわかって、村ががら空きになって、後家さんたちががんばってて、後家さんたちも蒸発していくんです。いなくなる。だからもう家庭と村の崩壊は、とっくにあのころからはじまっていました。それで、雁さんたちがしきりに近代化の問題とか言うんだけれど、はじめ何のことかなと思っているんです、私は。近代って何だろうと。その頃に柳田国男さんの名前もしきりに聞いている。南方熊楠さんも、鶴見和子という人もいるって、聞いているんです。符丁のように、まだ記号です。何かな、この人たちの名前はと思っているんですけれど、だんだんわかってくるんですね。

それでともかく日本の近代というのがわかりかけた。私のいるところがその基底部の実態だと思って、これはえらいことになってると思いましてね。何しろここから日本のゆく末が見える。そう思ったとたんに地元で水俣病が出てきてしまった。それでこれは大変だと思って、この場所から発する言葉を探して……、発信するというか、日本人の心のゆきつく果はどうなるのか、前ぶれが水俣で起きているという思いにかられて、いろいろ書きはじめているんですけれど、私、助けがほしかったんです、ほんとに。市民会議とかできるんですけれど、力が足りない。こっちから発信する情報はあるんだけれど、具体的な新聞を作って出すとか、雑誌を作って出すとかしたいんだけれど、みんなそんなゆとりはありませんからね。後でできるんですけれど。

そこへ俊輔さんから『思想の科学』というのを分担で地方で編集しないかと。それで渡辺京二さんを中心にして、熊本の文化集団というのがあったんですけれど、そのグループでやることになった。私かねがね、百年くらい前、目に一丁字もなかったふつうの庶民はどういう感性で生きていたろうかと思っておりまして、一つの手がかりは西南の役と考えていたので、短いので、「西南役伝説」というのを書きました（一九六二年十二月号）。その過程で、『思想の科学』で近代化論の再検討というのを共同研究しておられるのを目にいたしまして。文字面だけでしたが、それはいかなる内容だろうと思って、近代というのが頭に飛びこんできたから、これの内実を見た見た、私のところにいっぱいあるって、なんとかお伝えして伺ってみたいなって、思っていたんですよ。

鶴見　じゃあ、『思想の科学』が媒介となって結びついてきたのね、最初。

石牟礼　そうです。それで何かが近づいてくるという感じはしておりましたんです。だけど何も知らない。それまで縁のなかった方々ですし、私は学者さんの言葉を知らないし、論文一つ読んでないし、一体どういう人たちだろうと思ってて、一生懸命読んだのが、『思想の科学』の私たちが書かせてもらった前の号です。林竹二◆さんという方が、茨城でしたっけ、あの方が書かれた「田中正造論」という特集号◆を……。あれをもうむさぼるように、読みました。いまも宝物でとってますけれど、それであのグループと、連絡をとりまして、足尾へ行ってみようと思って……。どういうことだったのか、たまたま『朝日ジャーナル』から原稿の依頼が来て、それで「わが不知火」というのを書いたんです（一九六八年五月五日から連載）。少し水俣のことも書きまして原稿料をもらったんです。それで、よし、これ全部使おうと思って、歌会に行くのもお金がないような状態でしたけれど足尾へ飛んでいった。見てきました、足尾と渡良瀬川を上流から下流まで。

そんなことがあって、近代のはじまりを少し広角的に、今度は田中正造◆さんの足跡をたどることによって、水俣の前に足尾鉱毒があったのを知りました。それで私の思想的なもの心つきはじめのころの父ですね、田中正造さんは。そんなふうに思いましたね。ああ、こういう人がいたのかと思って……。あの人はすでに「亡国」という言葉を使って、「亡国を知らざれば亡国なり」という言葉がありますでしょう。亡国というのは、何も山が崩れたり川がなくなって砂漠化したりすることじゃないって。亡国の道をたどることを知らないでいるのが亡国だって、あの人はお書きになっていらして、ほんとうだと思った。日本は水俣から考えてもすでに亡国の姿だって思いました。その水俣市民五万人近くと百二十何人の命、どっちが大事かというような考えが亡国だと思いましてね。

こんな足尾の事件があったこと、足尾というのは東京、つまり中央に近いはずなんだけれど、東京の文化人たちというか、学者、文学者は当時何をしてたんだろうって、その時思いました。背中合わせみたいなところにあるのに。木下尚江◆とか鉱毒事件に駆けつけた人たちもいたよう

◆**林竹二**（はやし・たけじ）一九〇六～八五年。教育哲学者。ソクラテス研究から人間形成の基本的論理を追求。田中正造の研究家としても知られる。各地の小学校等で自ら授業も行なった。『林竹二著作集』（全一〇巻、筑摩書房）。

◆『思想の科学』一九六二年九月号掲載の「抵抗の根――田中正造研究の序章」。

◆**田中正造**（たなか・しょうぞう）一八四一～一九一三年。政治家、足尾鉱毒事件の指導者。足尾鉱毒問題が起こるや、議会で政府に対策を迫り、以後被害農民の側に立って、半生をかけて闘った。『田中正造全集』（全一九巻・別巻一、岩波書店）。

ですけれど。日本の近代文学というのは何してたんだろうって。そのころもいろいろたくさんの文学作品が出てきているのに。荒畑寒村◆さんが水俣にも気持ちを寄せてくださって、来てくださいましたけれど、あの方は社会主義者と言われているけれども、とてもいい文章をお書きになって、ほんとにその時代の東京の学者や文学者、思想家、宗教家は、何をしていたんだろう、足尾をあんなふうにしてしまって、正造さんを助けずにって思いました。それで、水俣はずっと東京から離れてるし、容易なことでは水俣に目を向けてもらえないだろうと、その時、覚悟を決めました。

そういうことがございまして、それで調査団のお願いをしたのは、川本輝夫さんや緒方正人さんたちが投獄されてましたから、助けだすのが第一の目的ではあったんですけれど……。

石牟礼さんが草鞋親に

鶴見　私たちが水俣に呼ばれて行ったのが、一九七六年一月。そうすると、七年ぐらいの間隔があるわね。

石牟礼　患者が逮捕されてぶちこまれたわけですからね。いまなら呼びかけられると思ったんです、そのことを。まず患者さんを救出しなきゃいけない。それで声明を出すのを加勢してくださいって。ついでというと悪かったけれど、この際、水俣、不知火海域ですけれどその調査というか、実態を見てくださいという意味で、色川大吉先生と日高六郎先生◆にお願いしたんです。それは近代化論の再検討というのがいかなるものか、それはどのように組み立てられるのか、私たちの現場に一つサンプルがございますっていう意味だったんですけれど……。

鶴見　その見る視点が全然違うの。近代化論というのは上から見てる。道子さんは下から見てるから、悪い方から見ていらっしゃる。いいところだけ見てるのが近代化論。で、私たちはそれを再検討しようと、上智大学で、私が国際関係研究所に入ったときに、それをはじめた。一九六九年ですね。その中に色川さんや市井三郎さんや櫻井徳太郎さんや、そういう方たちに入っていただいて。

石牟礼　先生方がどんなお考えかまったく知らずに、ただ予感だけで動いているんです。

鶴見　一九六八年からそれがはじまって、六九年だから、もうそこは非常に密接につながっ

◆**木下尚江**　（きのした・なおえ）一八六九～一九三七年。新聞記者、社会運動家、小説家。『毎日新聞』で足尾鉱毒問題に関する論陣をはった他、幸徳秋水らと社会民主党を結成。一九〇四年、わが国最初の反戦小説『火の柱』を発表。

◆**荒畑寒村**　（あらはた・かんそん）一八八七～一九八一年。社会主義宣伝のための伝道行商のなかで谷中村事件を知る。『荒畑寒村著作集』（全一〇巻、平凡社）。

◆**日高六郎**　（ひだか・ろくろう）一九一七～二〇一八年。社会学者、思想家。『人間の復権と解放』（一ツ橋書房、一九七三年）他。

ている。上智大学の国際関係研究所で生まれる。だから非常にそこはすれすれだわ。ちょうど結びついたのね。それで私はそれをまだ知らない。『苦海浄土』（一九六九年一月刊）をまだ読んでないから。それで私は学生の笑いものになった。いまだから恥をさらすけれど、私は講義の中でミズマタといったのよ。そうしたら学生がドッと笑って、先生、ミナマタですよ、知らないんですかって言った。いまも覚えてる。それほど無知であった。

石牟礼　いやいや、水俣ってまだ知られてません。私、その「再検討」という言葉にひかれたんです。再検討というからには、一度何か定説みたいなのがあったんだろうと思って、それを……。しかし谷川雁さんが言ってた近代というのは、実態はこういうことなんだなと思いこんでて、私もその実態の中の一員だって思いました。これで日本は文明国って言えるだろうかと、少数のこんな人間を見殺しにして……。文明というのはこういうふうにゆくんだろうか、そんなふうなのが文明かしらって思ったんです。当時までは日本は文明国の中でも、一等国とかなんて言ってましたでしょう。それで、その一等の文明に対して異議申し立てしたい。それには、近代というのがどうできあがっているんだろうって。しかしこんなふうにできあがっていく国というのは、人間が生きるに値しない国になるのではないか。『思想の科学』の関係の学者さんたちが「再検討」というのを言ってるらしいけれども、どういう意味か知りたいと思ったんです。そしていま、私たちのいるところの現場に、もしや来てもらって、その再検討とやらの目で見てもらえば。何か学問の世界にも、と、全然知らないくせに思ったんですよ。学問の世界でも一番進んだ、人間をみる深さというのか、一人一人の人間の一番ゆたかな深部に降り立って、それをぞっくり抱えてくるような学問があるはずだ。そこにくぐり入って立ったときに、その学者たちの定説が出来上る。万物の中の人間の位相が仮象の制度をとっ払って見えてくる。のぞましい未来を模索できる手がかりが、民族の風土から陰影をもって浮上する。そんな風土を踏まえた心性を普遍化してみせる、そんな学問はないのか。学問の現状を知らないでそう思うのでずいぶん的外れで失礼だと思うけれど……。

鶴見　そのような学問につくりかえてほしいと思ったんでしょう。それがこちらの思いと一致するわけ。それで、私たちは内発的発展論を出発させてから、やってるうちに、これは理論ばかりやってちゃだめだから、現場で、私たちの考えてることを、内発性ということ、それをどこかで試してみたい、この理論を試してみたいと考えた。それで一番先に私たちが考えたのは、中国。で、菊地昌典さんがまず中国大使館のよく知ってる人のところへ行って、こういうグループで中国に行って調査ができないかといったら、断られた。いまはその時期ではない。それで私がはじめて中国に行った時に、費孝通◆さんに話したら、「いま自分たちは一生懸命やっ

◆**費孝通**　（ふぇい・しゃおとん）一九一〇〜二〇〇五年。社会人類学者。一九七九年に成立した中国社会学研究会の会長をつとめた。一九八〇年には、この年に創立された中国社会科学院社会学研究所の所長となる。中国の少数民族調査、小城鎮工業化に関する調査研究など数々の業績がある。

てるけれど、いまはまだその時期ではない」と言われた。それでじゃあ、どこへ行こうかという時に、色川さんが「石牟礼さんと会って、水俣に来ないかと誘っていただいたけれどどうか」と言ったから、もうそれじゃあ、願ったり叶ったりだから、水俣に私たちは行かせていただきましょうといって、一九七六年の三月に日向の港に到着したわけ。そして山を越えて水俣の石牟礼家に行って、石牟礼さんのお母さまのもてなしを受けた。それが始まり。だからこちらの思いとそちらの思いがうまく結びついて、それを結びつけてくださったのが色川さん。色川さんが仲人で結びついた。

石牟礼　それでお名前だけは存じあげておりましたから、お目にかかれるのがとても嬉しくて。おほめするような言葉で、こういう人がいるって、なんかの話題の中で谷川雁さんがおっしゃってましたから。

鶴見　雁さんは、木下順二◆さんの紹介で私のところに何回か訪ねてきてくださった。「サークル村」をちょうどやっていらっしゃるころに、何回か私のところへ来て、いろいろお話をしたことがあります。思いがちょうどそこで結びついたんだわ。

石牟礼　だから私は、ずっと、それを口に出したり、直接行ってお願いするということはほとんどしていないけれど、気持ちはずっと、手をさしのばしていたんですよ。私はほんとに古今東西の文学書をまず読んでないし、なんにも知らない文学者なんですよ。

鶴見　だけど道子さんの方が近代の地獄を早くご覧になったわけよ。その中にいらしたから。

石牟礼　そうですね。

まず話をきくことから始めた

鶴見　こっちは「近代このよきもの」ということを頭に叩きこまれていた。それだから私たちはあそこへ行って、とまどいを感じて、私たちの学問が役に立つかということでけんかをおっぱじめた。

石牟礼　それをうかがってありがたかったです。水俣のために来ていただいて、けんかをおっぱじめて、学問のための調査に来ていただくなんて、私たちにはどういう意味があるんだろうっていうことで、けんかして、やけ酒飲んで……。

鶴見　役に立たないじゃないかというので、お互いにけんかをはじめた。男の人たちはお酒を飲んで、そしてお互いに大げんかをはじめた。収拾がつかなかったよ、最初。私たちはもうどうしていいか、ほんとにわからなくなっちゃった。

石牟礼　でもそれはとってもありがたいですよ。だってあんな事態だと、鈍感に平然とし

◆木下順二（きのした・じゅんじ）一九一四～二〇〇六年。劇作家。「夕鶴」「沖縄」「オットーと呼ばれる日本人」などで知られる。

ている方がおかしいですよ。非常にまともに取り組んでくださった。

鶴見　どうしていいかわからない。自分たちがもっている理論とか、道具というのは、何も役に立たない。それで私、考えたのは、そこへ入っていって、まず話をきく、それしかないと思った。そこからはじめるしかないと思った。だけどほんとに話してくれるかどうか、そこはわからないけれど、何しろぶつかっていくよりしょうがないと思った、人間に。役に立たないことをいくら一生懸命してもしょうがないじゃない。私がぶつかっていこうと思ったのは、カナダの移民調査の経験がひとつあったからです。一九五九年です。ほんとにあの人たちは苦労して、無一文からはじめた。しかも、ほんとに人種的差別を受けて。ほんとの苦労をして……、棄民だものね。和歌山県の貧乏な農村から出てきたわけでしょう。そして今度はまたどん底の苦労を外国でしたわけでしょう。そうしていくらか財産とか家を築き上げたのを、戦争で全部没収された。そしてまた塗炭の苦しみを戦争でした。その人たちが思いの丈をしゃべりたいという、その時に私たちが行けた。これもすごい幸運だった。これはドーアさんのお蔭だけど。だからもう泉の湧き出るごとく話してくれたわけ。一日入りびたり。お昼を食べさせてもらって、また夕食食べさせてもらって、また明日も来いでしょう。そういうことをやってきたから。だからもう一度、私、ここで飛びこんでいって、話してくれるかどうかわからないけれど、言葉もわかるかどうかわからないけれど、行ってみようと思った。そこで仲介の労をとってくださったのは、土本典昭さんのような人よ。土本さんに連れて行ってもらうと、石牟礼さんからの紹介で土本さんが私について行って下さると、大変にすらりと皆さんのお宅に入れた。それは石牟礼さんのお蔭だった。石牟礼さんのところに草鞋を脱いだ。魂入れ式をして草鞋親になっていただいた、石牟礼さんに。

石牟礼　そんな……。いや、私はもうありがたい一心で、やっと来ていただいたと思って……。でも訪ねていっていただいたお家では大変喜ばれましてね。なんだか見慣れない都会風の、若い女の子じゃないけれど、何か気品のある、和子さんが見えるとあちこちして、あの人は貴族ばいって言って。手も白いって。黒か洋服のよう似合うて、目えパチクリしてる。ありゃあ貴族ばいって。

鶴見　目パチクリしたのよ。もう話してることがびっくり仰天で、目パチクリしたのは私の方よ。

石牟礼　とても喜んでいましたよ。功徳をほどこしてくださいました、ほんとに。

鶴見　そんな……、ありがたいことです。いや、これは出会いだった。そこで石牟礼さんと出会って、石牟礼さんに助けられた。救い舟を出して下さった。学問の行きづまりの時に救

◆一九五九年七月〜九月、鶴見和子はカナダのスティーブストンで日系移民の研究をする。『鶴見和子曼荼羅Ⅱ　日本人のライフ・ヒストリー』Ｉ「移民研究」を参照。
◆**ロナルド・ドーア**（Ronald Dore）一九二五〜二〇一八年。東洋文化研究者。
◆**土本典昭**（つちもと・のりあき）一九二八〜二〇〇八年。記録映画作家。水俣映画・ビデオ十六本連作。

いを出して下さった。不思議な出会いね。だからほんとに人生というのは出会いね。

石牟礼　そうですね。そうして、いまは亡くなったけれど、赤崎（覚）さんがとても失礼なことを……。あれは親しみの表現だけれど、俺こそは雁さんの一番弟子だと思いこんでいるものだから、おう、東京のインテリが来たか。おれは負けんぞという気持ちがあって、ずいぶん失礼なこと申し上げましたね。

鶴見　いや、当然でございます。都会のインテリに何がわかるかって、それはよくわかる、その気持ち。

石牟礼　しかし興味があって自分も来てるんですから、ボイコットする気はないんです。どのぐらいのものだか、ちょっと試しにいってみようかというぐらいの気持ちで、そこは田舎の者たちは、だって学者なんてまず見たこともないんですもの。聞くことはありますけれど、見たことはない。しかし学問に対してはとても尊敬と憧れをもっているんですよ。

三十年前くらいでしたか、水俣川の土手に乞食さんが来て、何年か、土手に小屋を建てて、寝れば雨露しのげるようなダンボールとか何かで小屋を作って、腹這って、暮らしていた乞食さんがいました。私の村はすぐ川向こうですから、両方の川沿いの住民たちは毎日うわさするんです、その人の消息を。そしてある日、雨の降る日に破れ傘さして、書物を読んでいたんですって、その人が……。それで蘇峰《ソボ》さんという名前をつけたんです、徳富蘇峰からとりまして。水俣ではソホウさんと言わない、ソボさんと言うんです。雨の日に破れ傘さしてなにか読んでたが、あれは六法全書というものではなかろうかと、なぜかそう思いこんだ。なにを手がかりにそんな発想が出て来たのか、六法全書が何だかおそらく知らないいんです、私も知らないけれど。なぜそういうふうに思いこんだのか……。それで、ほぉーって知らないなりに感心いたしまして。それで私、考えましたのは、六法全書とはどういう本だと思っているのか。法律を集めた本でしょう。川本さんは後でそれを見てましたけれど。水俣で六法全書を読んだのは川本さんぐらいじゃないでしょうか。それで、六法全書ば読みおらしたごだると言って、ほぉーって感心して。それは何だったかわからないんですよ、クズとして捨てられた雑誌だったかもしれない。それから、今日はからいもを焼いて皮もむかずに食べよらしたとか。からいもはみんな皮むいて食べる。その乞食のソボさんは焼いたのをむかずに食べらした、泥つきのまま、皮ながら食べよらしたって。それにもびっくりして。仙人かもしれないということになったんです。侮蔑するんじゃないんですよ、畏敬の念をもってそう思う。それから傘は破れとったばいって。やっぱり仙人は違うって。それはやっぱり学問に対するあこがれで、六法全書というのは、あの人たちが思うには、何か人間の至福を読み解くカギが秘められているような、至高の、そういう書物だと思うのではないかと私考えるんです。だから庶民は書物とか、学問とか、学者とかに対しては、あこがれをもつんです。徳富蘇峰さんの本もおそらく読んでないんですけれど。蘇峰さんの名前をつけて噂を楽しみました。そして恋人ができたようだ、あれは恋人じゃなかったろうか、女の乞食さんが来ていたが、婚礼をあげなさったんじゃなかろうか、仲人は誰がしたろうかとか、どんどん民話のようなのをつくっていくんですよ（笑）。それがある日いなくなったんです、ダンボールをたたんで。そうしたら、いなくなった、いなくなった、どこに行きなはったろうか、ちゃんと食べていきよりなさるじゃろうか、今度はどこの橋の下じゃろうかって。そう言って、あとを慕う気持ちでうわさをなつかしみましてね。

だから学問に対して一種の神話のような憧憬をもっているんです。自分たちは学問はいたしませんけれど、だから学者というのには、そういうふうに庶民の中にはまぼろしのような願望が、より深くあるんですよ、あこがれが。だから、女の学者さんの来らしたばい。しかも美女で、色が白くてね。そして東京弁を肉声で聞いたわけでしょう。光栄としておりますよ。杉本栄子さんなんかもごいっしょに踊りをさせていただいてとてもありがたいって。

水俣と出会い、開眼する

鶴見　私も、これがほんとに近代化再検討への開眼ね。だから石牟礼さんにもう大変に貴重な扉を開いていただいた。私はただただ感謝しております。

石牟礼　いや、私は学者になれる気質や才能はございませんけれども、お蔭様で何かこの世には、ばかにしてはいけない観念の世界というのが、観照の世界と歌の世界でもいいますけれども、非常に組織立てて、観念そのものが組織立って一つの世界をつくりあげている。世界を作ろうとしているというか、それは生身の人間のいるところをかいくぐって、一つの世界が成り立つことができるんだって。庶民たちがあこがれるに値するような救世への願望がこめられた世界像がそこにはありうる、ということをあらためて考えさせていただいているところなんです、いま。

鶴見　とんでもない。それだけの学問ができれば上々、魂の入った学問を。だから一生をかけて、私はいろんなことをした人だといわれるけれど、やっぱり一すじの道を歩こうと思って学問をしてきた。けれど、ほんとに人間のというか魂の入った学問を築き上げたいと願いつつ、いま死にいたってる。だから、ひと代《よ》かけて為さざりしこと、人間がひと代かけて為したいと思って、為さざりしことをいま反省してる。その人生の最後のところに立って、道子さんとこういうふうに対話をすることができてうれしい。すべてが出会いね。だからすべてが必然性で結ばれているんじゃなくて、偶然によって結ばれて、それが実り、私はあんまり実ってないけれども、実りに近づく道すじに連なっている。もう完成することはできない、ほんとに。もう死んじゃってるのに、まだ完成してないんだから。

石牟礼　完成するということは、だれの場合もありえないんじゃないでしょうか。

鶴見　完成じゃなくても、完結する人はあるのよ。だけど私は完結しない人なのよ。

石牟礼　でも、だからこそ、こんなすばらしい歌が、

細胞の一つ一つが花開く　今朝の目ざめは得がたき宝　（『花道』一二五頁）

って、そういう宝というのは共有することができますでしょう。和子先生にこんなふうに歌われてみると、これは和子さんだけの宝じゃなくて、細胞の一つ一つが花開くって、やあうれしいと思って、まるで自分のことを言われたような……。その次の歌に、

行方しらぬ小舟にひとりすくと立ち海へ出でゆくあかときの夢　（『花道』一〇八頁）

って、これはもう……。

鶴見　あの歌は不思議。ほんとにそれを夢見た。そうしたら、その日の翌日ぐらいに川本さんの訃報を知った（一九九九年二月十八日没）。だからあれは川本輝夫さんじゃなかったかと、ふっとそう思う。

石牟礼　でも、ひとりでゆくえ知れぬところにすくと立つというのは、人間の決意の一番美しい姿ですね。

鶴見　あれ、川本さんのことだったんだなぁとあとで思って、また川本さんについての一連の歌が出てきた。

はげしさの底に秘めたる限りなきやさしさを思うテルオは逝きて

ミナマタは地球に通ずと喝破せるカナダインディアンとテルオの出会い
(『花道』一一六〜一一七頁)

川本さんが生きてる時は激しすぎると思ってた。だけど死んだらもう、全然違う姿で出てきた。だから水俣はずっと尾を引いてるのよ、私。

石牟礼 ほんとにそうですね。それだけ気にかけていただいて……。

鶴見 気にかけるというものじゃない。自分の学問を開いていただいたと思っている。水俣に行ってなかったら、近代化論の再検討なんてものは、ほんとにちゃちな理屈だけになった。もうずっと続いてるの。だから水俣の患者さんによくよく言って。水俣は私の先生です、そう言っといて。これからもあり続けます、私が生きてる限りは。よくあれだけ時間をかけて話をしてくださいました。迎え入れて、おもてなしをしてくださいました。感謝してます。そう言ってください。

石牟礼 はい。お伝えしますけれども、皆さんはもっと感謝申し上げていると思います。

鶴見 とんでもない。まだ私はそれを、もっと血肉化しなきゃだめよね、学問の中に。水俣調査をやって、『水俣の啓示』(筑摩書房、一九八三年、『鶴見和子曼荼羅Ⅵ 魂の巻』に収録)に書いた私の論文なんていうのはちゃちなの。それから私が倒れる前に、緒方正人さんが「常世の舟を漕ぎて」という文章を『思想の科学』に連載(一九九五年六月号〜一九九六年三月号)されれたのを見てひどく感動してね。緒方さんのお蔭でいくらか、少しわかったかなと思った。それから倒れてから私はもう少し水俣に近づけたように思う。水俣の痛苦を我が身にいささか引き受けるという形になったから。私は自業自得でこんな病気になった。水俣の人たちはなんにも罪がないのに他人からやられたんだから、どんなに悔しかっただろうと思う。水俣では、病気が向こうからやって来た。私は自分で自分に暴力振るったんだからね。自然に反することを自分に対してやった、それはしょうがないわよ。だけどこうなったためにいくらかつながるなぁって感じなの。

石牟礼　そんなに思っていただくと、ほんと、患者さんたちは自分たちの、こういってはあれですけれど、分身のような人がいてくださると思って感激すると思います。

鶴見　とんでもない。

言葉の噴出と渦

鶴見　言葉が果てる。その時にそれを乗り越えるのはどういう言葉かというと、言葉をつくりかえていく言葉なんです。言葉以外のまなざしとか、いろんな話がでたけれど、それだけじゃないと思う。言葉で仕事をしてるんだから、われわれは。だから言葉のつくりかえということがある。それを道子さんがなさってるんだと思う。そこまで話を進めなきゃいけなかったと思ってる。道子さんの文学の言葉というのは、ふつうの言葉じゃないよ、あれ（笑）。あれは水俣弁じゃなくて「石牟礼道子語」。だから言葉が果てたという自覚をもった人は、新しい自分の言葉をつくりだしていくんだと思う。それが文学なんだ。文学だけじゃなくて、自分の言葉をつくりだした時に、はじめてそれが、内田義彦◆さんのいってる「作品」になる。社会科学でも自然科学でも作品になるんじゃないの？　文学を作品っていうでしょう。だけど社会科学を作品とはいままで言わない、言えないでしょう。つまり借物の言葉でしゃべってるから。だから自分の言葉をつくりだした時に作品になるんだと思う。道子さんは言葉を紡ぎだしている、道子さん独自の。私はそれをまだしてない。内発的発展は概念、それは言葉。概念はつくりだしたけれど、それを私なりの言葉で述べていない。だからいま歌をつくってる。歌は私の言葉で歌（詠）える。だけどそれを論文の形で私はまだ表していない。

石牟礼　一首の歌が原稿用紙百枚の論文をも突き抜けてしまうことってありますよね。そんな和子先生の歌がたくさんあると思うんです。

鶴見　そういっていただければうれしいけれど、まだまだ。

◆**内田義彦**　（うちだ・よしひこ）一九一三〜八九年。経済学者。『資本論の世界』などの名著、専門論文をのこしながらも、『作品としての社会科学』（岩波書店、一九八一年）他多数の「作品」で、専門家の眼と素人の眼をあわせもつことの重要性を説き、個々の専門分野の「底辺にある文学」を指摘した。

石牟礼　いや、概念をおつくりになって、言葉から先にきたとおっしゃいますけれど、さきほどうかがっていて、その言葉がどこから飛んでくるか、思ってもいない方角からヒョイと何かでてくる言葉と、言葉を生みだすどこか、基底部の闇のような、存在の亀裂のようなところから言葉は噴出して、途中が見えないから突然出てきたように思うけれども、非常に必然性があって、出てきた言葉とそれを生みだしたエネルギーの闇の中はつながってると思うんです。だから埋めていくことができるんです、内実を。それが歌であってもちっともかまわないんです。

鶴見　いま、私の言葉で論文を書くというところまで進むことは、とてもこの体力ではできない。だから歌によって思想を表現する以外に方法がないと、そういうふうに考えている。

石牟礼　これは短歌の革命ではないでしょうか。力強いです。歌そのものに力がありますよね。すごいなと思いましてね、私。私もまたつくろうかなと思っちゃったりして……（笑）。

鶴見　私は、あれしかできないからやってる。佐佐木信綱◆先生のお蔭です。佐佐木先生は、詠歎とか何でなくちゃいけないということを一切おっしゃらない方だから。おのがじしでよろしいという方だから。勝手なことをさせていただいています。でも歌があってよかったなと思う。

石牟礼　一つの言葉が生まれる時に費やされるエネルギーというのは、コンピューターなんかでは測れないような、ものすごいエネルギーが渦巻いていて出てくる。それに、そのようなエネルギーを生みだすのは、つくりだす人の創作意欲のところに強い負荷がかかってて、それが逆転して、逆転して、逆転して……。和子先生の場合はご自分の業績を全部否定したような形で、いま発言しておられますけれども、そういう……。その負荷というのは、やっぱり人間の内実に立つというか、それがないと負荷にもならないし……。

鶴見　私、道子さんの文学は、非常に広い意味での、深い意味での、宗教だと思う。祈りの文学だと思う。それで、よか仏さまにならしたと、お葬式の言葉で言います、と道子さんはよくおっしゃいますでしょう。よか仏さまというのは、仏さまに一度なって、もう一度その家に帰って、この世をつくりかえる、そういう人になったって意味なんだってどこかに書いてあったわね。もう一度帰ってくる。それはやっぱり浄土真宗の思想なんでしょう。向こう側へ行ったきりになるんじゃなくて、往還と帰還がある。往きつ戻りつ。向こうへ行って、ほんとに仏さまになって成仏して、浄らかな魂になって、もう一度帰ってきて、この世をつくりかえるという、そういう思想があるんでしょう？

石牟礼　人間にとって、より身近な仏さまになるというか、人間から見て、対等じゃない

◆**佐佐木信綱**（ささき・のぶつな）一八七二〜一九六三年。歌人、国文学者。一八八九年に『心の花』を創刊、一九〇三年に第一歌集『思草』を上梓。鶴見和子は一九三四年十六歳の時に入門、第一歌集『虹』（一九三九年）に題簽と序文をもらう。

けれど、生きている時よりもしみじみ慕わしい、永遠になつかしい、よか仏さま、親しみ深い、自分らと一体化した仏さまではないでしょうか。

鶴見 帰ってくるという思想が循環の思想でしょう。水俣がとても不思議だと思うのは、浄土真宗でしょう。浄土真宗であって天草の隠れキリシタンでしょう。そしてその根底にアニミズムがあるでしょう。だからアニミズムと浄土真宗とキリシタンが習合してる。とってもそれが不思議な宗教を、信仰を形づくっていると思う。それが石牟礼さんの文学を通して非常にはっきり現れていると思う。

だから往って帰るという循環思想、これは浄土真宗の教えであり、同時に自然の循環ということは、アニミズムである。往って帰って、また往って帰る。そうして隠れキリシタンというのは、アニミズムと習合してる。完全に習合してる。キリスト教は往ったら往ったきりでしょう。天国へ往っちゃったら往ったきり。ところがアニミズムだから循環してまた帰ってくる。それが石牟礼文学の中にはっきり現れてるなと思う。それを私はとっても大事なことだと思う。自分の言葉をつくりだされたのよ。道子さんは私は学問がないとおっしゃるけれど、そんなことじゃない。大学を卒業して博士号を取ったから学問があるんじゃない。だけどそれがいまの社会では学問だと思われてる。だいたい小説家と言われる人にはインテリで、大学を卒業して学士または博士を取った人が多い。その人たちの言葉は、本を読んで、学問言葉を使ってる。だから自分の言葉で言ってない。道子さんは自分で学問がないとおっしゃるけれど、ない方がいいのよ。それで自分の言葉をつくっていらっしゃる。私が道子さんが先生だというのは、私は自分の言葉をまだつくって論文を書いてない。私、よく友だちからこういうことを言われる。あんたはしゃべってるときはおもしろい、しかし文章を書くとむずかしくてつまらないと言われる。これはだめなの。まだ私の言葉をつくって論文を書いてない。それをいま歌で代用してるんだな。

石牟礼 いや、代用じゃないですね。何かより本質的なものをズバッとおっしゃっている……。論文ではやれないんじゃないかと思います。

鶴見 だって内田義彦さんは『作品としての社会科学』という本を書いてるでしょう。それは論文でやろうとした。木下順二さんはあの人の文章は作品だと評価してるでしょう。あの人の論文が作品だというなら、私のはそうは言えない。できなかった。私は論文を書くときは、英語で考えて、翻訳して書いてるんだから。

第6場

「川には川の心がある」

――アニミズム

田中正造と南方熊楠

鶴見　私にアニミズムという発想が出てきたのは、水俣。熊楠◆を研究し始めたころ私はアニミズムという言葉を使ってない、「エコロジー」を使っていた。神社合祀令反対運動◆は日本におけるエコロジー運動の走りだ。後に私は南方をアニミズムに引きずりこんだ。南方はエコロギーという言葉を使ってる。だけどアニミズムという言葉は使ってない。私が引っぱりこんだ。そして田中正造もついでに引っぱりこんだ。田中正造は、治水をする者は、川には川の心がある、その川の心を心として治水をしなければほんとの治水はできない。川には川の心があり、山には山の心がある、それを心得て治水治山をしなさいということを言った。私は水俣によってアニミズムの開眼をした。それで、もうちょっと言わせていただけば、マックス・ウェーバー◆は『プロテスタンティズムの倫理と資本主義の精神』を書いて、近代化、つまり資本主義化で、キリスト教のプロテスタンティズムが資本主義の精神と親近性をもっていて、初期資本主義の発達を助けたといった。その実例として、アメリカのニューイングランドのことを書いている。それはそれで非常に長い間、学者の間に連綿として受け継がれているわけ。ところが、学者の間だから論争はありました。カトリックも貢献したとか、いろんな論争がありました。いまでも続いている。

初期資本主義はそういう形で発達したかもしれないけれども、いま高度工業化社会になって、プロテスタンティズムの働き主義と個人主義と禁欲主義、これだけではこれから地球上に人類が長く生活することはできない。それじゃあ何が必要かというと、私はアニミズムがこれから一つの力になるんじゃないか、ということを言いたいの。アニミズムは日本だけじゃない。これはいろんな社会で、そしてとくに遅れたと言われているところに強く残っていて、日本だって辺境地帯に残ってるし、アメリカでも原住民の間に残っているし、アフリカの中に残っている。いろんなところに息づいてる。エコロジーとこれが両立していく。だからプロテスタンティズムの倫理に対して、アニミズムを動機づけの体系として考えた。そこまで私はやりたかった。

◆**南方熊楠**　（みなかた・くまぐす）一八六七～一九四一年。植物学、微生物学者であり、日本民俗学の創始者。特に粘菌（変形菌）に関心をもつ。真言密教の曼陀羅は、必然性と偶然性を同時にとらえることのできる方法論のモデルであると読み解く。

◆**神社合祀令**　一九〇六年、一つの市町村に一つの社ということで、小さい神社を潰して整理・合祀し、国民統制に利用しようとした。この政策によって神社はわずか三年の間に一九万から一四万七千まで減少し、自然と共存する集落の中心だった鎮守の森、文化遺産の多くが消滅した。南方熊楠はこれに対する反対運動を起した。

◆**マックス・ウェーバー**　（Max Weber）一八六四～一九二〇年。ドイツの経済学者、社会学者。近代資本主義の成立とプロテスタンティズムの関連を指摘。『プロテスタンティズムの倫理と資本主義の精神』（一九〇四～〇五年、邦訳大塚久雄、岩波文庫）。

それをまだやってない。水俣にはそれがあるということが、水俣でわかった。

石牟礼　非常に共感いたしますね。実際にアイヌにも南島にも精霊信仰が残っていて、これを無視すると民俗学も文化人類学も成り立ちません。ほんとに東アジア各国の地域に実際生きているんですから。フィリピンやタイやマレーシアあたりで見聞するんですが、ご飯を炊いたら真っ先に木の精だか、石の祠だか、御先祖の神々にずっとお供えをして回る。中国の山岳民族の間にもそういう信仰がありますね。もちろんインディアンにもそういうのがありますね。だからヨーロッパ寄りの諸国、日本を含めて、先進国のつもりのところが真っ先にアニミズムを殺しまして、アニミズム地帯を大変遅れたところと思いちがいして卑しんでいる。日本でも現にそう。それで魂がないなんていう人たちが出てきて、びっくりしてますけれど。なんだか目線の低いところに、じつは名もなき神が宿っていますのに、神を忘れた国が様式だけで御幣を振っていたりするのですね。熊楠が反対した神社合祀令、明治に出来た天皇制というのはそういうことを奨励していくことによって成立するんでしょうか。

鶴見　南方熊楠なんか日本のアカデミーでは長い間無視されてきた。田中正造から南方熊楠というのは、ほんのわずかな時差があるけれども、田中正造と南方熊楠は日本の環境保護運動の走り。

石牟礼　狂人の系譜というので見ていけば、気狂いあつかいされましたから、正造も熊楠も……。柳田さんも狂人と言われたんですか。

鶴見　柳田さんは違うわね。あの方は長年宮仕えした人だから言われなかったのかもしれないけれど。

石牟礼　急速に近代化の制度が整備されていく中で、ノモス的に出てくるという時期が、どこかに頂点としてあるんでしょうね、きっと。

アニミズムと天皇制

石牟礼　俊輔さんがおもしろいことをおっしゃってますね。お守り的……。

鶴見　そう。「言葉のお守り的使用法について」、あれは最初に英文で書いて、『思想の科学』（一九四六年五月号〔創刊号〕）に出した。

石牟礼　庶民がお守り言葉が好きだったりするから、これが困る。官僚言葉を、田舎の方ではよく使います。東京なんかでも下町の言葉で生活している人と、そうでない、頭で労働する人と分かれてますけれども、「てやんでえ」みたいなべらんめえの言葉が東京にもあるようですけれども、田舎の方では都会へ出て行って、わりと出世していく人たちのことを総称して、「あん人たちはよか衆《し》」って、「よかし」という言葉があるんです、「よか衆」。よか衆になりたい願望がある反面、そんなのになるものかと思っている人たちもいるんだけれども、そのよか衆になれなくて田舎に帰ってきて、田舎言葉でそれこそ観念的な言葉を使ってみせると、ちょっとまねしたくなって、揶揄して使う場合もあるんです。ちょっと公共的な場所へ行ったときは、よか衆言葉を使ってみたりする。

さっき申しました、学問へのあこがれが同時にあって、そういう官僚言葉を借りてきてちょっと使ってみて、よか衆の言葉を、いつもは使わないんだけれども、何か慰霊祭の時とか、たとえば戦時中、上からのお触れが変わりましたというような時に村の衆を集めて、警防団の役員なんかが、戦中のことばの公用語を枕にして使う云い方があったんですね。ですから、言葉の使い方による、階層の差みたいなものは昔からあって、その階層差から、面白いことに日常の中の演劇性が生まれることもあるんです。言葉で虚実の間を演じている。これが理解されずに言葉だけを制度化しようとすると沖縄の方言を罰するようなことになっていくんでしょうけれど。民間同士でもそうやっていく。だから国民総動員令なんていうのは、民衆の役職好きを知ってて、任命をよろこぶことをじつに上手に進めたこともあるんでしょうか。

鶴見　現人神は戦争中の政府が使った言葉、国民総動員のために。その分析から出てきたことです。だけどまちがって使うからね、天皇を中心とした「神の国」なんて。民衆はすべてのものが神だと思ってた。そんなことじゃない、天皇を中心とした神の国ってアニミズムとはまったく反対なんだけれど、あれがインテリの間にもある。私がアニミズムというと、私の友だちから批判される。竹内好◆さんは、山川草木すべてに魂が宿る、それが天皇制だといったが、あなたはどう思いますかって友だちに問いつめられたことがある。竹内さんがそういったのかなと思うんだけどね。アニミズムは天皇制につながるって批判されたのです。民衆の中にそういう信仰があるから、それと天皇を結びつけちゃうということでしょう。ところが、柳田さんの偉いところだと思うんだけれど、彼は民衆が天皇を神と信じているということを、一言も言ってない。『遠野物語』の中で、民衆のカミはこれこれこれであるって並べてるけれども、全然、天皇は入っていない。天皇の大嘗祭だとか、いろんな行事。それは全部アニミズムだと。だからそこを解きほぐすのが大変。柳田国男は一生懸命やったと思う。柳田さんがあれだけやっても、まだ足りない。高群逸枝◆にしてもそう。アニミズムでアナキズム。そこのところが大事なの。アニミズムはアナキストに結びついていく。非暴力のアナキスト。国家を超える力。それをどうやって、私の言葉で、わかりやすい言葉で言えるか。

石牟礼　滅びの方向の因子はたくさんありますよね。政治的なものばっかりじゃなくて。生存そのものが、存在が、もう滅びの種を宿してる。どうしたらいいんだろうと思いますけれどね。十年後は全然見知らぬ国になってしまいやせぬか。まだあるかしら、この国のよきものが。あんまりこんなだと、自分をどこにつなぎとめておけるか、引っこぬかれそう、根ぐされ

◆**竹内好**（たけうち・よしみ）一九一〇～七七年。中国文学者、評論家。
◆**高群逸枝**（たかむれ・いつえ）一八九四～一九六四年。女性史学の樹立者、詩人。代表作は『招婿婚の研究』。

してしまう、という感じです。

鶴見　いやあ、俊輔はおもしろいおもしろいと言ってる。いったん滅びなきゃどうにもならんと考えているらしい。

石牟礼　ああ、緒方正人さんとそんな話をしてきたんですよ。滅びなきゃどうにもならんて。上の方へ行けばいくほどまともな人が少ない、いない。下の方はさらに心もとない。たとえば、学生たちの学力が落ちてるっていいますでしょう。大人たちの、確かな精神力も教養も衰えて、引き継げないまま、学力だけでないでしょうけれど、思考力とかもないままに、大人になって、もうなってるのかな、一体どこへ行くんだろうと思いますよ。それでも結婚して子供を産むだろうし、どういう国ができるんでしょうか。

鶴見　「日本は天皇を中心とした神の国」などという人がいて、天皇や美智子皇后も、迷惑だと思っておられると思う。せっかく静かに暮らしておられるのに。ただ、京都あたりにいらして、静かに優雅にお暮らしいただきたい。そして外国のお客様が来たら、美智子皇后も着物でお出ましいただきたい。お美しいから……。

石牟礼　あの方、着物姿とてもお美しい。

鶴見　着物で優雅に出ていらっしゃれば、大変によろしい。美智子さまってすばらしい方よ。このあいだの児童文学の国際会議でのお話◆もとってもよかった。ああいう方が外国のお客様をおもてなしなされば、みんな感心しますよ。で、今度のオランダでの天皇のお言葉もよかった。

ほんとに心から、心が痛みますって、あれでいいの。政治に関与しておられないんだから、あれでいい。それだけど、また持ち上げると大変ね。だから一番迷惑しておられるのは、あのお二人ね、きっと。

石牟礼 もう迷惑してますと、婉曲でいいから、そういうお言葉を……。気持ちにそぐいませんておっしゃらないかしらと思うんです。

鶴見 おっしゃれないでしょうね。心の中で困ったものだとお思いになっても、おっしゃれないでしょうね。わからないわ。美しい方よ、声も美しいし、お話の仕方もとってもおやさしい。

石牟礼 いまの日本に決定的になくなっちゃったのは、上品さ、優雅さ。それをお持ちです。

名もなき神々への信仰

石牟礼 アニミズムという言葉を自覚的に使ったのは、気恥ずかしい感じで、それをアニ

◆一九九八年九月、インドのニューデリーで開催された国際児童図書評議会(IBBY)第二六回世界大会にてビデオ上映された、美智子皇后(当時)の基調講演のこと。美智子様の幼い頃読まれた童話のお話など。

ミズムと書いた時ですね。『苦海浄土』を『熊本風土記』に連載した時かしら。そういう意識があったとは思いますけれども、アニミズムという言葉を使うのは気恥ずかしくて。

鶴見　あなたの言葉。「石牟礼道子語」でなんというか。

石牟礼　たとえば、陽《ひ》いさまを拝《おろが》む、岩を拝む、山川を拝む、存在の母層を恭まう。それで魂がゆき来する精霊信仰。たとえば官幣大社というのがありますけれど、そういう格付けされた神様ではない、なんていうか、一番下の名もなき神々とのへだてなき交流……。どういうべきか、存在の原野に帰依してる、というか、地霊たちとの交流です。というのも、私たちも地霊たちの子ですから。

鶴見　そうなのよ、それでよくわかった。道子さんのアニミズムの定義と、タイラー◆の古典的なアニミズムの定義を比べてみましょう。タイラーによれば、人間に魂または霊があると同じように、人間以外の動植物また抽象概念に至るまですべてのものに霊魂が宿るという信念であると定義しました。タイラーはこの信念は原始人の間に見られるだけでなく、すべての宗教の基底に、変容した形で存続すると説きました。

道子さんの定義は、人間に魂が宿るとおなじように生きているものも生きていないものもすべてに魂が宿るという点ではおなじです。が道子さんの場合は一番大事なことは「存在の母層を恭まい帰依する」ことに重点がおかれていることだと思います。わたしのことばでいえば、最も大いなる生命体としての自然と人間との一体感が、個々の人間と個々の事物との魂の交流の基底にあるということだと思います。

「神の国」と森前首相はおっしゃいましたが、それはアニミズムとは全く意味がちがう。官幣大社が殺したのが彼らのいわゆる邪宗、邪教なの。小さな祠に祀られているものたちを殺していった。その殺されていったものへの信仰がアニミズム。

石牟礼　偶像崇拝ですかという人もいるんです。そこらへんにころがっている岩でもちょっと風格があれば拝むんですからね。神ともいえない草の精だったり、そうそう地霊に帰依しているんです。偶像じゃない。沖縄に行きますと、皆さん拝んでいらっしゃいます。

鶴見　それこそ名もない木々、名もない石ころよ。穴ぼこを拝んでいるのよね。

石牟礼　岩と岩の間を拝んだりとかね。沖縄に行って、私思いましたのは、「イザイホウ」の時ですけれども、その岩でも、石ころのようなのを祀って拝まれる姿もさることながら、その前の前の段階で、収穫を神に感謝する豊年祭の前の夜、奉納の舞を稽古していらっしゃる場所に、居させていただいたことがあったんです。いまからお稽古がはじまろうというちょっと前になると、お魚を漁りに行ったり、磯のものを採りに行ってたりしてた、おかみさんたちが手を拭き拭き、集まってきますね。そして、さあお稽古をはじめましょうというとき、がらり

◆**エドワード・タイラー**　(Edward B.Tylor)　一八三二～一九一七年。イギリスの文化人類学者。*Primitive Culture*, 2 vols. Murray, 1871.

と形相が変わるんですよ。それがじつに気高い敬虔な顔になられるんです、器量ではなくて、全身、顔の表情も。憑依するんでしょうか。その憑依する神々というのは私などにはわからない。だから神というのは、沖縄、南島、八重山、あの付近では、祈る人に神が直接降りてくるんですね。ほんとに美しい、気高い表情とたたずまいになって、もうそれはいわゆる目鼻立ちのよしあしじゃないんです。陽に灼けて、器量はもちろん千差万別なんですけれども。ただもう信じて、祈る人たちは、ああいう美しいお顔になるんじゃないかと身ぶるいが出ました。

鶴見　名もなき神々の国なんだ。それに対して天皇を中心とした神の国というのは、違う。全然違う話なの。

石牟礼　だからそれをすり替えられそう、名もなき神々を信仰する人々がいて、その集合体がずっと昇っていけば天皇になるんだと言われそうだから……。天皇家はそんなの抱えこめませんよね、歌の伝統などで意識としてはあっても、近代的な制度となれば。

鶴見　それは断絶してるのよ。違うのよ。美智子皇后といまの天皇もそうだろうけれど。いまの天皇にお会いしてお話ししたことがないからわからないけれど、美智子皇后は、そうよ。私はお蚕さんをこうして取って、お蚕さんを育てておりますって、そこから糸をいただいておりますって、そういう話をなさる。それで、「皆様方がこういうことをしていらっしゃるんだなぁということがよくわかります」、そういう話をなさる。もうびっくりしてしまう。そうしたら、ふつうの女の人たちがお蚕さんを育ててるのと同じ気持ちに自分がなれる、ということがうれしいとおっしゃる。だから「ほんとにわずかな桑畑でございますけれども、桑を摘んで、お蚕さんを育てて、糸をいただいております」って、そう言われる。

石牟礼　めずらしく匂やかな心のお方ですね。

鶴見　ええ、とっても。天皇にもお会いくださいますかっておっしゃったけれど、ちょうど天皇にはお会いできなかったけれど。ああいう方がおそばについていらっしゃると思うと、心があたたまります。

魂と魂を通い合わせるのがアニミズム。自分の魂だけじゃなくて、生きとし生けるもの、それから生きていないものにも魂があって、その息づきを通い合わせることがアニミズム。というふうに私は道子さんのアニミズムを読んだ。自然というのはおおいなる生命体で、それが生と死の循環をくり返す。その中に私たちの微小な生命体が一人一人入って、その中で生かされている。また死んで、また生き返らせてもらっている。そういうふうな私の感じととても響きあう。これから私は歌に勤しみましょう。

石牟礼　そしていま、日本人は情念の行方というのをずたずたに切断されていますから、その情念に対して和子さんの歌は力を与えるんじゃないでしょうか。

◆**鶴見**　自分の言葉で語ろう。まずそこから教育をはじめる。やりなおし。それが国分一太郎さんたちの生活綴方運動のはじまりだった。原点なの。自分の言葉で語ろうって。自分の言葉で書こう、語ろう、考えようということだった。それがいま、とても大事になってると思う。

あのころは、上からはっきり教育勅語に基づく修身教育というのがあって、国定教科書があって、言葉を子供に与えてたから、それに対する抵抗として生活綴方運動が出てきたけれど、いまは、はっきりした抵抗よりも、ふわーっとしてふやけてるから、権力を感じていない。圧力として感じてない。ところがいま、だんだんに強い力が加わってきている。昔は上からの強制を感じていた、子供だって、大人だってみんな感じていた。私だって怖かったもの。しょっちゅう怖いって感じもっていた。何かいうと怖い。いまはそんなこと、だれも思っていない。それが怖い。だから「自分の言葉で語ろう」がいいな、教育の基本として。

じゃあ、自分の言葉ってなあにということになる。石牟礼文学をもっと読んだ方がいいね（笑）。国語教育に石牟礼文学を使ったらいい。長編小説はむずかしいから、『蟬和郎』の一コマ一コマね。しかも子供の話がとても多い。ああいうのを読んだらいいと思うねぇ。

石牟礼　そんなふうに読んでいただけて、冥利につきる気がいたします。ありがとうございます。

鶴見　あれ、おもしろかった。「ほおずき」はすごくおもしろい。あれで私、わかった。自分の言葉で語ろう、それがもう最後だな。言葉つきた時に、そこから出発して、自分の言葉をもう一度紡ぎだして……。言葉つきたところから出ようということ。つまり、何を言っても自分を裏切るという、その感覚が大事なの。こう言ってもだめだ、こう言っても……、歌はそうでしょう。あ、うまくできたと思う時のうれしいこと。だけどふつうは歌をつくっても、まだだめだ、まだだめだと思ってるわけ。

いい結論でしょう。言葉つきたところから、それを突き抜けることによって自分の言葉がつくられる。自分の言葉で語ろう、自分の言葉で書こう、そこから出発しようということ。

◆**国分一太郎**（こくぶん・いちたろう）一九一一～八五年。教育文化運動家、児童文学者。生活綴方運動の再興、発展の中心となった。『国分一太郎文集』（全一〇巻、大田堯他編、新評論）。

第7場

四角い言葉と丸い言葉

四角い言葉と丸い言葉

石牟礼　そうですね。私もね、言葉も大事なことだと思います、ほんとに。でも言葉の別な世界があると思ったのは、谷川雁さんと知り合ってから、例の「サークル村」に連れて行かれて。びっくりしたのは、そこでみんなが話してる言葉が、私のいる日常の言葉とまるでちがってました。今思うと左翼の観念語、それなりに意味があるんですけれど、ほうっと思って、そのときはじめて考えました。この世の中には、ああいう言葉の世界があって、それが知的とされておりますけれども、それから土着の言葉の世界がある。でも庶民はおもしろいですね、生態学的に使い分けるんですよ、対応の仕方を。仲間たちだけのときと、そういう一種のお客さま用の言葉で言わなきゃならないときは、パッと、演劇のなかに入っていくように言葉つきをかえる。

鶴見　じゃあ、私たちはお客さま言葉を聞いてたのかしら。

石牟礼　だいたいそうだと思います。それでも丁重に扱って、なんていうか、異空間の中にちょっと入れてもらう。それはそれで大変うれしいんです。自分の日常ではない、何か特別上等の空間に、お客さまをお迎えするときの気分、そこに自分も入っていくことができて、自由に出たり入ったりしてる。

鶴見　そうか。それじゃあ、私たちはやっぱり本音を聞いてると思っていたけれど、……。

石牟礼　いや、本音もちらっと入れるんですよ。

鶴見　ああ、ちらりちらりと出てくるのね。わかった。

その言葉のことで、私のプリンストン大学の社会学のお師匠さん、マリオン・リーヴィ教授という、社会学の大先生がいる。でね、その先生がはじめて日本に来るときに、私は二人の人に会いたい、と言った。一人は柳田国男さん、もう一人は滝川政次郎◆さん、滝川政次郎さんは『日本社会史』という本を書いた。自分はその本をもう筋を引っぱって一生懸命読んだんだって。この二人に会いたい。たまたま私はこの二人とも知ってた。だから、まず柳田先生のところにお連れした。そうしたらね、柳田先生がこう言われた。「外国からいろんな学者が来ます。だけど日本には二つの違う種類の人間がいるんですよ。一つは四角い言葉を使う人種、もう一つは丸い言葉を使う人種がいるんです。外国の学者はみんな四角い言葉を使う人にだけ話を聞いて帰るから、日本のことはさっぱりわからない。だからあなたはほんとに日本社会のことが知りたいなら、丸い言葉を使う人の話をお聞きなさい」って。これは私はそばで聞いてててびっくりした。それから私はそれをずっと金科玉条としてる。それで水俣へ行った。私は水俣に行く

◆滝川政次郎（たきがわ・まさじろう）一八九七～一九九二年。法制史学者。律令制度の基礎的研究などがある。

前に、一つ重大な体験をしてる。それはね、国分一太郎さんたちが戦前にはじめた生活綴方運動で、この生活綴方運動は子供の教育の手段だった。あの人は山形県の名人床屋の息子なのね。それで学校で教えていたら、国定教科書で使ってる言葉、「お父さま、お母さま、おはようございます、行ってまいります」というのが出てくる。それは使わないのよ、山形県の百姓は。だから使わない言葉ばっかり国定教科書に書いてある。でも使う言葉を使った方がいいんじゃないか、ということから生活綴方運動がはじまった。このことを柳田はいみじくも四角い言葉と丸い言葉といったわけ。それでね、私の体験は、その国分一太郎さんたちのやった生活綴方運動に通じている。国分さんたちの生活綴方運動は子供の教育の方法として始められたけど、むしろ戦後は大人の再教育の方法としてこれをやったらいいと思って、中小企業のおかみさんたちとか、山の手の奥さん、四角い方の奥さん、それから駄菓子屋のおかみさんをしていた人とか、いろんな四角い言葉と丸い言葉と両方まざったグループでこの運動を主婦のあいだでおこした。◆それから地方から紡績工場にやって来た娘たち、百姓、これは丸い言葉を使う。学校の先生は四角い言葉を使う。そうして、いろんな人の丸い言葉と四角い言葉がごっちゃまぜになっちゃった。そこで話を聞いてたら、この人たちはこういう言葉を使って毎日暮らして、暮らしの問題を考えているのかってはじめてわかった。それでそれがおもしろいおもしろいって言ったので、むしろ顰蹙をかった。こっちは大変な暮らしをしてるんだ、私たちの話をおもしろいって一体何だって、私はうんと問い詰められた。そういう体験がもしなくてすぐに水俣へ行ったら、私は水俣がわからなかったと思う。だけどそういう体験を東京の中でやって、それから四日市の紡績工場でやって、いくらか習練を経てきた。稽古してきたのよ、丸い言葉と四角い言葉が混じり合うことを。それで水俣へ行ったときに、丸い言葉が二重丸にまずなった。というのはね、東京の下町のおかみさんたちは、一重丸。ところが水俣は、それに水俣弁という地方語が被さってるから二重丸なの。もっと大変。だからその話をじっと聞いて書き取って、みんなで考える。そういう習練をだんだんに積んでいった。いや、ほんとにしあわせなのよ、私は。つまり柳田国男さんにガツンと言われたでしょう。

石牟礼　しかし的確な表現ですね。

鶴見　いやあ、的確よ。だってもともと日本の学問は漢語でやっていて、それから社会科学はだいたい英語とかドイツ語とかフランス語で考える。みんな四角い言葉なのよ、それって。だからほんとにふつうの人の言葉で考えてない。だから丸い言葉を四角い言葉に置き換え、四角い言葉を丸い言葉に置き換えるという、そういう作業をしてない。してなかったら、社会学なんてできるはずない。だから、水俣では二重丸までいったから、ほんとにありがたかったんです。はじめ全然わからなかった。でもだんだんにわかってきた。

◆鶴見和子の生活記録運動については、『鶴見和子曼荼羅Ⅱ　人の巻　日本人のライフ・ヒストリー』Ⅱ「生活記録運動」を参照。

例えばね、道子さんの「もう一つのこの世を」というのが、あれがカギ言葉になったのね。だけどね、考えてみると、あれは丸い言葉と四角い言葉のあいだぐらいなの。二重丸ではあれは、ジャナカシャバよ。だけどはジャナカシャバっていっても、ふつう外の人にはわからない。だから「もう一つのこの世を」といった。だからやっぱり道子さんはちゃんとシャーマンなのよ。というのはミーディエション、仲人なの。仲立ちする人。だからあの言葉が的確なの。仲立ちとして。しかし丸い、ほんとの二重丸の丸い言葉ではないと思う。ジャナカシャバって、浜元二徳さんが水俣での国際会議でいった。ジャナカ・シャー・バーなんて言いながら、これインド語かな、何だろうって思って、私もうあっけにとられて聞いてたんだけれど、みんな、ジャ・ナ・カ・シャーバーっていった、あの当時、外国人がみんな。あれは道子さんの「もう一つのこの世」なのよ。それで英語でいえば the other world in this world となる。だからね、言葉っていうのはおもしろい。そのあいだを道子さんが、行ったり来たりしている。そういう人がやっぱりいないとね、この溝が埋まらない。だから道子さんが大事なのよ。ジャナカシャバを「もう一つのこの世」と置き換えたんだもの。そういうことがだんだんわかった。

石牟礼　そういうことをまた和子先生が、さらに読み解いてくださるんですね。

鶴見　それを四角い言葉の、一重四角、二重四角か三重四角のところまでもっていくのよ（笑）。そうして、その四角い言葉を使ってる人たちの魂を呼びさまさなきゃだめなの。それが内発的発展の一つの目標なのよ。だけどこの「内発的発展」という言葉はよくない。だからそれを丸い言葉でいったらどう言えるかというのは、まだ宿題なのよ。

石牟礼　それとちょっと違うけど、最近、ここ四、五年かしら、自己決定権という言葉があるでしょう。

鶴見　それも嫌な言葉よ。

石牟礼　私、妙な言葉だなと思って、自分のことは自分でするって言えばいいのにね。そう言えば、すっと子供にもわかりますよね。自己決定権っていうでしょう。アララと思ってね、こんなに言わなければ日本の人はわからないのかなって。

鶴見　だから「内発的発展論」は、何か、丸い言葉を考えてよ。丸い言葉にしたい。一人一人の内からほとばしるものを大事にしていくということ。だからアニマよ。アニマを大事にしていく。

石牟礼　魂なんていうのは、とても古い古い古い、現代人じゃないみたいにいってる人たちにも、どうにかしてわかっていただけないものかと思ってましたけれどね。

鶴見　あなたはどうしてこの立派な物語を、『アニマの鳥』と、カタカナと漢字の言葉にしたの。魂と言わないで。

石牟礼　うーん、魂だけではねえ。魂といえばあまりにしみ込んでしまってて、平面化してしまってる、存在の古層に埋もれて。ちょっとその古い洞《うろ》から飛んでいく感じを出したかった。それが成功してるかどうかわかりませんけれども。「魂の鳥」ではなくて、なぜでしょう、アニマにしたかった。

鶴見　私はアニマって言われたときに、すぐにアニミズムと結びつけた。アニミズムという言葉はよくない。それを日本語にすると、精霊信仰。これも非常に悪いから、精霊信仰よりもアニミズムの方がいい。だけどアニミズムをあんまり使ったらよくない。

「石牟礼さんの新しい本が出たよ」って俊輔が電話をかけてきた。「何ていう本」ってきいたら、弟が、「なんだかカタカナの名前だった。カタカナが上にくっついてたよ」って（笑）。あの人も丸い言葉を使ってるからおかしくって。「カタカナの名前がついてた」って。それが最初の私たちの会話だった。すぐに判明したんだけれどね、『アニマの鳥』っていう本。へえー、何だろうと思った。

石牟礼　当時のキリスト教の用語ですから。天草の乱の……。「アニマの助かりのために」って。

鶴見　じゃあ、みんながアニマって言葉を使ってたの、天草の人たちは。アニマの国に行くとか、アニマの船に乗るとかって、そういう言葉を使ってたのね。

石牟礼　はい。船やら鳥やらは別として、アニマの助かりのためにお祈りするって。魂といえばいいんでしょうけれど、キリスト教の用語で。

鶴見　アニマといってたのね、キリシタン用語では。「どちりいな・きりしたん」なんていうカタカナはすごくわからない、実はクリスチャン・ドクトリンなんだけれども。じゃあ、そこからきてるのね。わかった。だからやっぱり丸い言葉にしちゃったのよね、当時の隠れキリシタンは。わかった。それならそれでわかりました。

石牟礼　それでさきほどちらっと申しましたけれども、「サークル村」の集まりに行きますと、全然聞いたことのないような観念的な言葉が飛び交ってて、もう目を白黒して、私、ここは違う国だと思って、めずらしがって聞いたんですよ。森崎和江◆さんや上野英信◆さん、河野信子◆さんのお歴々がいらして、ほう、進んだ人たちだって、その時思ったんです。だってはじめて聞くんですもの。労働組合の何かやってる人とか、いくらか文学青年のような人たちなんですけど、それで私はそういう言葉を知りませんから、私は大変遅れてるんじゃないかって、そのとき思ったんですよ。しばらくまねをして、ちょっとした文章を書かされるときに、聞いてきたばかりの「サークル村」言葉を使ってみた時期があるんです。すぐにやめましたけど。

水俣の加勢をしに来る学生たちなんかが、当時の学生言葉でね、全共闘言葉というのかしら、東大の宇井純◆さんの教室かなんかで、「ワレワレワァー」って、その日にちをいって、「東京大

◆**森崎和江**（もりさき・かずえ）一九二七～二〇二二年。詩人、作家。五八年に筑豊の炭坑町で転居し、『サークル村』創刊に参加。『からゆきさん』他。

◆**上野英信**（うえの・ひでのぶ）一九二三～八七年。作家。坑夫として働きつつ炭鉱労働者の文学運動を組織。『追われゆく坑夫たち』他。

◆**河野信子**（こうの・のぶこ）一九二七～二〇二二年。女性史家。

学工学部のなんとか教室を水俣病の患者とともにワレワレワァー占拠したゾー」なんて女の子がいうんですよ。それでいろいろいうけどなんだかよくわからない。もっとむずかしい言葉でいうんだけど、ようく聞いてると、いま言ったようなことで、要約すれば、だれよりも先にここを占拠したって、それで「闘争勝利」とかなんとかいってね。患者さんは、もうおめめパチクリしてるんですよ。で、なんべんもいうからなんとなく意味はわかるんだけど、そういう人たちが加勢に来るようになったんです。学生たちもやっぱり東大の講堂でやったような言葉づかいではわからないと思ったんでしょうね。女闘士だけれども銀色にマニキュアをしたりしたのがやって来た。何をしたらいいかわからないから、「おばさま、何かお手伝いいたしましょう」って(笑)、浜元フミヨさんに言ったんですって。それで、「なんてなあー、なんの手伝いもいらんばい、もう、加勢は」って。一生懸命、学生さんは考えたつもりでていねいに言ってるんですよね。「おばさまのなんの気色悪い」(笑)。ふさわしくないですよね、その場所にね。そういうおかしなこともあったんですけど。言葉でやっぱり人間は生きてるんですよね。絆をむすぶのも言葉で成り立つわけですから。

しかし地方の人間は、標準語はある程度知ってますから、それでお芝居のときとか、映画のときとかに使う、自分たちとは別の言葉があるでしょう。ドサ廻りの役者でも役者言葉でやってるでしょう。それは覚えてくるんですよね。それで私の家の隣のおじさんもそうですけど、公共の行事に加わっているときは、それなりの言葉使いってございますでしょう。それで「この回覧板をちょっと見て」っていえばいいのに、ふだんもそういうのに、毎回、うちにそういう触れ役で来るときは、歩き方から違うんです。こう捧げて持ってきて、いつもは「こんばんはー」とかいって入ってくるのにね、「ごめんくだはりませ」といって、花道をくるように歩いて戸を開けるしぐさもなんだか舞台の花道をくる人のように、そしてなんというか、口上を述べるように、「今日は何班のだれさんが見えて、お宅にことづかりましたから、どうぞ読んでくだはりまっせ」と威儀を正していうんです。しぐさから、声の出し方から、演劇の中の人のようになって勤めるんです。役をやってるんですよね。それで何か異質な、異質でもないんですけどね、例えば、兵隊に行くときなんかまったくそうですからね、送る方も送られる方も。そんなふうにして、ふつうに日常の姿では切り換えることができない自分を、そういうお芝居のしぐさでやって、だれも不思議には思わない。あのおじさん、こうやって来よるから、何か触れ役で今日は来るんだなと子供の目にもわかるんです、いつもと違うから。

それでね、二重底、三重底、いろいろありまして、棲み分けというけれども、重なりあいながら棲んで日常がある。それで皆さんもいろいろ、どんな本を読んだりしてるのかなと私はとても興味津々だけど、先生方がいらしたときも、やっぱり受容して舞台を見てるような気持ちなんです、どんな役者だかちゃんと見てる。それで役をするのがみんな好きで、選挙もだから

◆宇井純　（うい・じゅん）一九三二～二〇〇六年。衛生工学者。公害・環境問題研究者。

大好きで、役をもらえるから。

与那国に行ったときもそうでしたけど、例えばそういう役の、村で一番小さな役で、なんていうのかな、あの役は。ほんとにそういう使い走りをする、役所から小さな紙に書いた辞令が隣保班のふれ役など来るでしょう。それを額縁にして家々に飾ってある、それは名誉職でして、公共の人になる。出世なんです。今度そういう役についたからって、お祝いをする人もおります。自動車の免許なんかに受かりますでしょう、田舎の方でなんべんも行って受かった祝い。そして第何級免許に通ったということを杯の後ろに書いて、ちゃんと焼きを入れて記念に配ったりとか、何かシステムの中のそういうことも取り入れて。緒方正人さん、システムはいらんぞっていってはねのけますけど、村の人たちはだいたいそういうものを受容して、公共の一員になりたい……。

鶴見　そしてだんだん階段を上がっていくのね。

石牟礼　階段を上がっていったり。そしてお上から勲章をもらうと、社会党の党員でも勲章もらうと、もう親類縁者招いて、私の近辺でもそう。宴会をして、おめでとうございますって……。かねての信条はどこへ行くんでしょうね。そういう地域の共同体というの、社会党員でも、そうやりますよ。それでそういうときの挨拶というのは、けっこう習得して、自分たちも使ってみたい。しかし一番親しいところの、何か個人的に人に打ち明けたいことがあるときなどは、まったく二重丸か三重丸の言葉でやりとりしますけど。それで完璧に四角い言葉を使える学者先生はとっても偉いと思うんですよ。私なんかのように分裂していませんよね。私は地域社会では非常に住みにくい感じをもっていまして。そういう世界に同化できないんですね。同化できない分、心も体もねじれてくる。なじめないから、夜中に隠れてでも、隠れて書く。

丸い言葉を磨いて玉にする

石牟礼　土着の言葉に同化できないから申しわけないと思ってるんですよ、きっと。

鶴見　でも同化したら書けないでしょう。その言葉だけで書いたら通じない。だから分裂して、その分裂を意識して。出たり入ったりって。こっちのときは四角い言葉、こっちのときは何って、使い分けしてる。だけど道子さんの場合には、使い分けをしないで橋渡ししようとしてる。

石牟礼　そういうものらしいです。表現というのは、どうしようもなく飛翔しなきゃいけないでしょう。飛翔するときは、なんか踏台というか、いるでしょう。

鶴見　で、踏台になっているのが丸い言葉ね。

石牟礼　いや、踏台になってるのは自分が分裂してるということの中に逆立ちしていく……。ぎりぎりまで落ちて踏台になるといいますか、がまんしてるというか。

鶴見　ということの意識が踏台になってる。で、踏台になって、それじゃあ、どっちに飛翔するの。

石牟礼　それは丸い言葉というわけではありませんけど、なんかやっぱりそれは私自身の表現。

鶴見　そうするとね、あなた自身の表現は、こういう表現でいいかな。丸い言葉を磨いて玉にする。

石牟礼　ああ、そうです。

鶴見　つまりね、ふつうの人はふつうのときには丸い言葉を使って、それから役をするときは四角い言葉を使って、このあいだが分裂してるのよね。これを使ったり、あれを使ったりして、使い分けしてる。だけど道子さんはね、そのあいだに溝があるということを意識して、それじゃあどうしたらいいかという自分の言葉をつくるときは、四角い言葉に帰るのではなくて、丸い言葉にどのように磨きをかけたら光が出るかという、それをやってるんじゃない。それで『アニマの鳥』を書いて、『苦海浄土』を書いてるんじゃない。

石牟礼　それに近いですね。

鶴見　やっぱりそうだ。玉を磨いてるんだ。丸い言葉が光を発するようにしてる。泥の中に丸い言葉があったら、光を発しない。

石牟礼　もう分裂して、ずーっと引き裂けていくんですよね。で、もう最後の一番基盤の底のところまで引き裂けてしまえば、もう本当に別々になりますから、別々になるまでがまんして、たぶん、たぶんですよ、引き裂ける寸前のところに踏みとどまって、立ち直るというか、立ち直るというのは、それが合併するというのはまた違います、分裂したあいだから。そのあいだに何か立ちのぼらせて……。

鶴見　それで新しい言葉になるわけね。道子さん自身の言葉になる。

石牟礼　そうですね。芸術というのは、表現というのはやっぱり誕生ですから。そこにもアニマというのはきます。生まれる。死のアニマがね。

鶴見　そうね、出てくるわね。生まれる。新しく生まれるのが創造。だからその四角い言葉と丸い言葉の分裂を意識して、それをとことんまで押しつめることによって、道子さんの言葉が成り立つ。つらいね。道子さんの文学は、非常に独自なのよね。独自の文学。全部丸い言葉で書いてあったら通じないもの。

石牟礼　平板になりますね、きっとね。それにはなりたくない。

鶴見　そうじゃなくて、もがきながら磨いてるのよ。

石牟礼　磨けてるかはわかりませんけれども、もがいていることは……。もがいてはいますね。

鶴見　だから分裂を意識してるということが、大変に大事なことだということになるわね。

石牟礼　あのね、橋を架けたいという願望はあるんです、両方に。非人格的な知性と、いつも魂がどこかに遊びに行っているような情念の世界、その両方に……架け橋を紡いでる、蚕の糸みたいなものを吐いて紡いでる気がしておりますが、成功してるかは。だいいち地元の人たち読まないですもの、私の本。

鶴見　読む必要ないんじゃない。だって自分たちのことだもの。われわれの方が必要としてる。四角い言葉を持ってる者が自分の魂を入れ替えるために必要で、それこそ魂入れてもらってる。やっぱり石牟礼文学というのは、われわれにとって、魂入れ式よ。石牟礼家に行かなくても、『アニマの鳥』を一冊買えば、魂を入れてもらえる。

石牟礼　そんな……。それほどではございませんですよ。

鶴見　あれはすごく象徴的だった、魂入れ式《たまいれしき》って。もう忘れられない。

石牟礼　魂入れ《たましいれ》っていうんですよね。

鶴見　ああ、魂入れ《たまいれ》っていうんじゃないのね。

石牟礼　はい。たまでもいいんです、たましいだから。水俣弁でたましいいれっていうんです。でも、たまいれでもまちがいではないと思います。

第8場

「東京に国はなかったばい」

「国」と「くに」

石牟礼　もう亡くなられましたけれども、第一次訴訟に女の方がおられましたんですが、川本輝夫さんが東京に行くようになった時、彼女、単独で川本さんの様子を見に行ったんですね。訴訟派では、いらんことをすると考えてた人も大部分いたんです。川本派が要求を、訴訟派が掲げた金額よりは高く掲げたので、そんな要求をすれば自分たちの取り分がなくなるんじゃないか、チッソの資産も限られているし、っていう人もいたんです。それで彼女が川本さんのところに行ったことを、なんで行ったかって、訴訟派の中で言った人たちがいるんですよ。で、帰ってきて、私の家に来られたんですけれど、

「道子さんなあ、東京まで輝夫たちが行っとるけん、私も行ってみた」

とおっしゃる。

「はあ、それでどうでございましたか、東京は」

「うーん、東京まで国ば探しに行ったったいな」

っていわれるんですね。

「国ば探しに行ったばってんな、なかったよ。国は見つからんかった」

「東京はどこに行きなさいましたか」

「東京タワーにも登ってみた。宮城の前にも行ってみたがなあ、国はなかったばい」と。「ああ、やっぱり」っていいましたけれども。そのこと、水俣の当時の支援者たちも、ちょっと笑い話にして……。あんまり公のところでは言えないんですけれども。

鶴見　いや、それはおもしろい話よ、とってもおもしろい。

石牟礼　それで私、考えましたけれど、あの人が思い描いていた国って、どんな国だったろうと思うんですね。それでその方の息子さんもご主人も村の人たちも、「あれがまた、何しに東京に行ったじゃろうか、飛び上ったこととして」とたいへん当惑気味におっしゃってました。

鶴見　渡辺栄蔵◆さんが裁判に旅立つ時、行進したわね。あの時、先頭に立って、「私たちはこれから国家権力に立ち向かいます」と宣言したのね。私はそのことが、この人はただ四角い言葉で国家権力という言葉を使ったのだろうか、丸い言葉にすればどうなんだろうかって、とっても気になった。それで栄蔵さんの家を訪ねて行った時に、国家権力って何ですかって聞いたら、国家権力は現在は政府です、昔は幕府です。私にとっては小さい政府の手下、それは巡査です。そういう人たちが私を、ここでしてはいけないと、何か行商してる時に牢屋に収監したです。

◆**渡辺栄蔵**（わたなべ・えいぞう）一八九八～一九八六年。一九六九年六月の水俣病一次訴訟の原告団団長。熊本地裁の前で、「今日ただいまから、私たちは国家権力に対して立ち向かうことになったのでございます」と叫んだ。

ことがある。それが私にとっての国家権力ですって、はっきり、具体的にいってくれた。あの人、すごくはっきりした人だと思ったわ。

石牟礼　そうですね。あの人は水俣の土着の人と違って、宇土《うと》から来た人で……。それでどこかからりとして、自分にあまり深くは関係なさそうなことはずっと切っていける人だったと思うんです、栄蔵さんは。どこかさばさばしてて。

鶴見　だけどはっきりそれだけのことが言えた人って……、自分の経歴を語って下さった。驚いたわよ。

石牟礼　そうですね。自分の銅像を建てたいといって……。

鶴見　銅像、見たわ。あの人の家の玄関の前に。その時、国家権力に対峙したのはいいけれど、銅像は困っちゃったなと思って帰ってきた。

石牟礼　どうしてだか田舎の男の人、さっきの国家公務員になるとか、公のあれにつく時は大変活き活きしはじめましてね。だから国家権力に立ち向かったことは発想が通底してるから銅像を建てる。でも女の人とちょっと違うと思う……。さっきの、国を探しに行ったという女性とは、どうも違うような気がしましてね。その人がイメージしていた国、あるいはイメージできなかった国というのは、どういう国だろうと、私ずっと考えてて、いまも。

鶴見　国というのはやっぱり自分を救ってくれるものだと思ってたんじゃないの？　それが見えなかった。

石牟礼　ですから天皇陛下万歳といったりするんですよ、他の患者さんですけれど、女の人で。どういう国だろうな、それは、と思うんです。そうしますと、やっぱり自分を育ててくれた精神の風土がもとになってると思いますね。草があったり……。

鶴見　社稷《しゃしょく》◆よ。

石牟礼　そうそう。それでいまの時期になると桜が咲いてね、ウグイスが鳴いて、そういう四季の移り変わり。そういう自然と一体化している自分の風土、それがもっと美しかろうと思っているのか、何か自分をもっと親密に包みこんで、すっぽり安心できるように包んでくれる、なんか親のような……。

鶴見　だから栄蔵さんの国家権力とは違うのよ。

石牟礼　ちょっと違うんじゃないかと思うんです、そこから考えるんですけれど。

鶴見　それがアニミズムの根底にあるものだと思う。

石牟礼　はい。そしてその風土というのはふだんあんまり意識されてない風土なんですね。彼女やその他おおぜいのおばあちゃんたちとかにとっては。風土なんて言葉も使わないし。

鶴見　そうよ。あれも四角い言葉なの。

石牟礼　「くに」というとき、「国家」の「国」じゃなくて、人間が生まれて、最初に親和

◆**社稷**《しゃしょく》　「社」は土地の神、「稷」は五穀の神。

感をもった、生まれ里のような意味の「くに」なんですね。

鶴見　「くに」というのは「故郷」と書いて、「くに」と読むのよ。生まれ里なのよ。

石牟礼　それを探しに行ったんじゃないかと思うんです。それで、ああいう言葉が出てきた。文字が生まれてくるまでの長い意識の悠久の、悠遠な言葉の時代の記憶があったって、これは白川静先生がおっしゃっているけれど、そのほとんど無意識に近いような言葉だけの、あるいは言霊《ことだま》◆だけの時代に、まだ生きてる人たちじゃないかって、私、このごろつくづく思うんです。あの人たちはあんまり文字を読まない。文字を知らないことはないけれど読まない人たち、必要としない人たち。けっして愚かではなくて。かえって知恵の深いような人たちがそこにいるんですけれど、その人たちが感じているくにというのは、いまはなくなりましたよね。故郷の山河。それで水俣病になっちゃって……。それで切実にくにを探しに行かなければならないほど、自分たちの周辺が、くにの実質みたいなのが薄らいできてるように思える。それをふたたび、ここが私たちのくにだったたって思えるようなくにを私たちがつくれるだろうか。具体的にどういうことかというと、やっぱりあるべき自然があって、あまり意を用いなくても草木がどんどん育ってくれて、そして季節がめぐってくるというのも、文字で書いた暦がなくても、あ、もう磯の岩のりが緑になって春がきたと思えるような、まったく無意識層のようになっている大自然。来る年も来る年も、ああ花が美しいって、それで心映えもよくなるばかりで、それが当たり前というか、そうあって当たり前だった。私たちは今わざわざ、美とは何かといって捜さなきゃならない。春といって捜さなきゃならない。

それで日本人が失ってしまったものの結果として、さまざまなことが出てきています。振り返ると水俣病が予兆として出てきたけれども、死んでいった人たちが求めていたのは、そういうご先祖様と一体になっているような、連綿と私たちの感性を育ててくれた心の風土。その風土をこれが私たちのくにですといえるように、少なくともその蘇生のために一万分の一でも関わって、現実のことを考えなければ。なぜに生きるかということに使命をもたされた人間、否応なくそれを担わざるをえなくなった者たちは、そういうくにの具体的なイメージを考えなければいけないと思うんですけれど。

水俣病事始め

鶴見　水俣病は始まったのよ。終わったんじゃない。水俣病事始め。つまり、人間がこの地球の上に生きている、ずっといままでほんとに長く生きてきたなかで、あれは予兆なの。い

◆言霊　ことばに宿る霊。古代の日本人は、ことばに霊が宿っており、その霊のもつ力がはたらいて、ことばにあらわすことを現実に実現する、と考えていた。言霊の信仰は古代の原始宗教の段階にとどまることなく、和歌を中心とする文学の問題として、のちの時代にまで長く影響している。

ままでの生き方をバンッと切断した。これまでの生き方ではない恐ろしい事件が、あそこでバンッと起こった。そしてこれはいままでからのつながりではなくて始まりなんだと思う。だから私がいま一番恐ろしいのは、今年（二〇〇〇年）が二十世紀の最後で、来年から二十一世紀になるとなにかいいことがあるように思っているということ。いままでのを全部水に流して、新しい始まりをって。……その新しい始まりじゃなくて、いままでやったその罪の積み重ねに、一番大きな事件として水俣というものがあった。これは象徴だと思う。象徴的な事件として起こった。その事件は、二十世紀の終わり近くになって起こったけれど、二十一世紀から、どれだけ人類がこの地上に生きるか問題だけれども、これから続く始まりなの。これからの問題の始まりだと思う。終わりではなくて始まりと見るべきだと思う。

その始まりを自然破壊という言葉でくくっちゃうと、わからなくなっちゃう。だからそういう四角い言葉でいうんじゃなくて、水俣の人が何を経験したかというなかから丸い言葉を捜して、何が始まりなのかということを、もっときちっとしなくてはいけないと思う。自然破壊、自然破壊という地球的規模で環境問題を考えようというのは、いまの合言葉みたいになっている。地球的規模で環境問題を考えると、水俣はもうなくなっちゃう。もうあれは終わったから、これから水俣なんて小さいこと考えないで、地球の問題を考えましょうや、いまそういうふうになっている。それが恐ろしい。

石牟礼　あれはじつに手軽な口当りのよい言葉ですね。

鶴見　私は、地球的規模でということをいうのにもっともふさわしい人は、川本輝夫とか浜元二徳だと思う。この人たちがいえば納得できる。自分たちの経験したことが地球的規模で起こるんですっていってるんだから。だけど地球的規模の環境問題というと、もう全然違うことなの。破壊とかなんとかって、それは大変なことに違いないけれどね。それは自分たちに跳ね返ってくる。それを結局、『アニマの鳥』の中で、非常に大事なところを道子さんが射止めてくれたんだと思う。これが始まりです。だけどいまが始まりではありません。もう二百年も前に、十七世紀からすでに始まっておりました。天草ではこういう形で始まっておりました、これがまた水俣にきたんです、というところを。私は水俣は始まりだと思っていたけれど、もっと二百年も遡ったところにあったのか、ということで目を覚まされた。

人間と自然のすべての生き物、生きてるものも生きてないものも含めて、自然は生きてる。おおいなる生命体だと思う。石だって生命体の一部ですから。だからこのおおいなる生命体をその一部である人間が壊すということが始まりなのね。人間がそれを始めることによって、人間とその他の生き物、その他の事物がいっしょに、ともに支えあって生きていた、その姿を壊した。それが始まりだから、どうやってそれをもう一度、人間とその他のあらゆるものとがいっしょに、ともに生きていける姿にできるか。できるかできないかわからない。それには全部壊しちゃえばいいんだという考え方もあるかもしれない。全部壊して、あとにでてくるものを見る。そういう考え方もあるのかもしれないけれども、そこはどうなんでしょうね。だけどもしかしたら、もう全部壊れたのかもしれない。

水俣のヘドロの海を森となし石仏を置く次の代《よ》の夢

（『花道』一一八頁）

緒方正人さんがそういうことをいってたのを私は歌にしたんだけれど。もう一度、故郷をつくろうという、そのために自分は日々、海に行って、漁をしているんだという、あの姿が一つあると思う。

石牟礼 かくあった魂の、出魂儀という祀りごとをやっているんですが、もう数年で、お地蔵さまが三十体ぐらいできたんですよ。それでこの前、これは去年ですけれど、魂入れのお祀りをしたんです。九月のお月さまの出るころの前後にお祈りをすることにしたんですよ。それが台風でできなかった……。緒方正人さんの彫ったお地蔵さんや山下善寛《ぜんかん》さんって、チッソの工員だった人が彫ったものの前で、埋立地でお式をすることにして、年々、もう五回いたしました。

鶴見 こういう形で新しい祭りを創造してるのね。

石牟礼 そうです。今年は海の上でやろうかって、いま計画をしようとしているところです。

鶴見 いつでもこれが始まりというのを、天地開闢というのよ。水俣は終わりではなくて、始まり。

石牟礼 始まりです。祀りの後夜の時に、白い浄衣を着てもらって、その前の夜に御霊《みたま》をお迎えする。後夜っていうでしょう、その後夜の日です。でも水俣市民のなかには、恐ろしかといってね、白装束で、なんでまたいまごろって。患者さんが白装束でお祈りするなんて、恐ろしい。あんなのしたら観光客は来ないって。それでもっと観光客が来るような祭りにしてくれって申し入れがありましたから、みんなで拒否した。けして、恨みでやってるわけではないんですが、多少恐ろしがってもらった方がいいって……そういう話し合いをしたんですよ。

鶴見　これからは恐ろしいことが起こる。もう起こったんだからね。あれが始まりなの。それだから水俣というのは、むしろ日本国内よりも外国でいいお手本だと思っている。中国だって、アメリカだって、インドネシアだって、みんなこれをテキストブックといってる、古典的な教科書といってる。

石牟礼　それで杉本栄子さんも大変元気づいて、語りべでね、市は語りべ制度というのをつくったんです。患者さんでも、名乗り出なかった人がいまはもう三十年ぶりに名乗り出たりして、市民の前で話しています。女の人ですけれど。

鶴見　ああ、いままで沈黙してたもだえ神が。

石牟礼　はい、話すようになられて……。

鶴見　だから被爆者と同じよ。被爆者もずっと黙っていたんだから。

石牟礼　この前、だから長崎の人たちと話し合いをなさいました。栄子さんは死ぬまでやらせてくれって。

鶴見　栄子さんは踊りをつくったらいいわよ、祀りの場で踊る。つくって教えておけばいい。自分でやろうと思ったらだめよ。自分一人でやろうと思ったらだめよ。自分のお弟子さんに教えておけばいいのよ。

石牟礼　そのお気持ちはとてもおありです、あの人には。

鶴見　それがいいのよ。それでね、後夜の祀りの栄子さんの姿、立派だからね、この姿で踊りを一つつくっとくとよろしいのよ、みんながいっしょに踊れるような。

石牟礼　そうですね。栄子さんにいつも魂鎮めの文《ふみ》を読んでいただくんです。その読んでいただくのは、若い人が文章を書いてくれましてね。ビデオに、土本典昭さんがちょっと撮ってます。

鶴見　それはいいわ。「水俣のヘドロの海を森となし石仏を置く次の代《よ》の夢」という歌は、『花道』の終わりの方にありますけれど、あれは緒方さんにいってください。緒方さんのテレビを見てつくった歌なの。緒方さんがいったことを歌にした。

石牟礼　もうちょっとちゃんとしたビデオに、今年ぐらいにできるかもしれません。だれかに持って来させて、お見せするようにしましょうね。

鶴見　でも土本さんもよく関わってくださってるわね。だからこれが始まりであるし、それからこの問題は環境問題でくくったら、ほんとに脱け殻になっちゃう。空洞化しちゃう。水俣の問題は魂の問題だというふうにとらえたのが、『アニマの鳥』なのね。あれは水俣問題の根底的なところをとらえた。そして思想的にとらえると環境問題になる。そうすれば環境問題としてとらえて悪くはない。ダイオキシンとか、それからいま環境ホルモン問題が起きてるでしょう。だからそういうものにどんどんつながっていくからね。実際にいま、それが展開しつつあるのよ、地球的規模で。だからそういうものに具体的につながりますよという警告を発することはいいことなの。だけど根底的には私は魂が抜けちゃったというところに事の起りがある。その魂をだれに入れてもらうかというと、ほんとに丸い言葉を使ってる人、あるいはその言葉さえも使えない人なの。そういう人たちの心を聴くこと。そういう人たちが自然の大きな生命体の、生命のリズムというか、リズムって嫌だけれど、生命の響きを聴いてる。それと共鳴りしながら生きなくてはいけない。おおいなる生命体の生命の響きと共鳴りしながら生きるという、そういう生き方を、おそらく「くに」とか、ひらがなで書く「くに」ね、「もう一つのこの世」と呼んでるんじゃないの？　私ね、これはほんとに宗教という言葉でくるのも嫌なの。だから民衆の精神史の問題なのよ。それもまた硬い言葉だけれどね。なんていっていいか、私、言葉を失っちゃう。

第9場　いのちの響き

生命の響きと美

石牟礼　現代日本にとっての、美とは何かと仮に考えるとしても、それに携わる人たち、あるいは鑑賞する人たちの、それこそ魂がないと形もできないでしょう。形や色を見て、美と思うんでしょうか、思うとしても、それを生みだし、それを受けとる人々の感性がだめになっていれば、なんのことかもう全然わからない。

鶴見　魂というのは感性、またこれも硬い言葉だけれど、感じとる力なの。あ、ウグイスが鳴いてる、昨日と今日は違う声で鳴いてる、違う響きで鳴いてるっていう、そういうふうに感じとる……、気配を感じる能力ね。

石牟礼　そのウグイスで思い出したんですけれど、私の仕事場の庭に毎年、とても幼いのが、いまちょうど来かかってるんですよ。

鶴見　幼鶯はね、ケキョケキョケキョなのよ。まるでね、子供がなんかしゃべりはじめたようなのよ。

老鶯《ろうおう》が幼鶯《ようおう》と掛け合い鳴き交すリズムに乗りて歩みゆく今朝　（『花道』七〇頁）

石牟礼　片言のホーホケキョが、ホー、ケッケッケッケとか……。

鶴見　キョ、キョとかいって、ケキョ、ケキョケキョってやって、それがだんだんホ、ホ、ケキョっていって、そして老鶯になると、自分の節で歌うのよ。それがすばらしいの。あれはさわり。老鶯がさわりをつけて鳴くという、そういう歌になる。

石牟礼　上手になろうと思っているんですね、たぶんね。一生懸命。

鶴見　そうなの。もうすごい。独自の言葉を発してる。

石牟礼　そうですね。あれぐらい人間も一生懸命になってるのかって、いま思いますよ。

鶴見　私、あれがおもしろくてしょうがない。私も負けじと

　朝な夕なになめらかになる鶯の声に負けじとわが足歩め

という歌を今朝作った。なんでも歌になる。こっちで鳴いてるのと、あっちで鳴いてるのと全然違う。だからおもしろい。それが「くに」なんだと思う。そういうのといっしょに生きて、競争してる、この足が。励まされて、毎日歩いてるの。

石牟礼　だから大テーマとしての芸術や美学というよりも、何か小さなものが確かに育っていくという。

鶴見　生命の響き。その生命の響きを感じとれるかとれないか。感受性って嫌な言葉だけれど、美を感じとる力があれば、そういうものをまた生みだしていく力もでてくるんだと思う。まず感じるということがなければ、感動がなければ歌はできない。だから毎日、この空をなが

めたり、ウグイスを聴いたりしてると、こういう体になっても、毎日、私、元気な時より感動がある。それがうれしい。それが歌になる。だからこういうつきあいをしている自然のものが全然なくなっちゃったら、これはもう新しいものを生みだす力というのは、人間にはでてこない。

石牟礼　そうですね。それから私たちの国土もそうですね。この風土で、新しい力を生みだす力がだんだん衰えてきてますから。

鶴見　ところが、『アニマの鳥』に何回も書いてあるけれど、もうどんどん破壊されて、キリシタン弾圧で自分たちが殺されてるでしょう。そうすると、どんどんそれに立ち向かっていく魂が高くなってる。それが不思議なのよ。その力は何かっていうの。

石牟礼　生命の可能性というか、生命のけなげさというか、生きたい力。物理的なエネルギーとちょっと違うんですね。

鶴見　だけど、それが原動力。生きていく力なの。それが内発性って、私がいうものなの。人間が一人一人もっている可能性が十分に死ぬまでに出しきれるかということ。そういう社会をつくるっていうことなの。

石牟礼　ええ。ある限界に達したときにも乗り越えることができるかといえば、やっぱり乗り越えることはできるんですね。ウグイスも小さいのが一生懸命鳴いてるし、ホタルはホタルで、あんな小さいのに一生懸命、灯をともしてるし、短い命なのに。セミなんて、あの小さい体であの大きな声。

鶴見　ほんとね。セミはすごい。だって命が短いんだもの。

みんみん蟬生命《いのち》のかぎり鳴きつぐを我が歌詠《うた》うリズムとぞ聴く

（『花道』五五頁）

って、「リズム」という言葉はよくないけれど、「響きとぞきく」。もうあれを聴いてたら、ああ、私が一生懸命歌を詠ってるのも同じだなとほんとに思った。

石牟礼　そうですね。それでさっきの話に戻りますけれども、友人の患者さんが捜してた「くに」というのは、いま私たちがいる「くに」、故郷という意味の「くに」の上に乗っかってる、ノモス的な世界を一度、めくり返して見れば、まったく健やかな、上古の、神に向かって訴えることで歌になっていくような、ああいう感性を考えずにはいられない。こういういまのような災害がなくても、何か物事を考えるときは、神様にいちいちお伺いをたててたような人々の「くに」を、いっぺん想像してみるというか、皆さんにそんなことをお勧めするのは唐突かもしれませんけれど、私自身はやはりこだわってて、緒方さんはそれを言葉にして、「おれは二重国籍の中で生きとるごたる」って最近いいました。

鶴見　だから「もう一つの宇宙」なの。もう一つのこの世があるのよ。

石牟礼　イメージのなかにもあるんですね。想像力。他の動物にも想像力ってあるでしょう。アリがアメ玉なんか落とすと寄ってきて、寄ってくる前にしきりに、何をいってるのか、行き合うアリとコツンコツンと頭をくっつけ合って次々に知らせあって、急にいそいそとなってね、みんなで担ぎにいきますけれど。アリの穴より大きいアメ玉をかかえていくの。あれどうするのかしら、入りきれないのに。かじってしまうのかしら。溶かして入れるんでしょうかしら。あんなのを見てると、生きるということは非常に大変だけれども、どこかいそいそするようなことがやっぱりあるんですね。そういう喜びみたいなのは、いまのちょっと鳴り物入りでテレビなんかでやって見せてる、どたばたじゃない、けたたましさとは違うにぎわい、にぎわいがどこかにある。

鶴見　そうよ、にぎわいがしょっちゅうあるわよ。空を見てると、しょっちゅう面白いことが起こってる。

石牟礼　ああいう人工的な疑似現実とは違う実質のある、いそいそしたにぎわいというのは、つくりだせると思うんです。どこでもかしこでも、いまお祭りだお祭りだといってるけれど、ちょっと違う感じがする。沖縄あたりはまだ、本質的な気がしますけれど。何か人間を元気にする、生命がにぎわって元気になるようなことは、考えればできそうなものだと思うんです。先生がごもっと抑制のきいた生活をしていれば、喜びがくることを想像することもできるし。先生がご不自由になられてから、いろいろ感じるようになったとおっしゃいましたけれども。

鶴見　だからいまの時はね、ほんとに天恵の時だと思う。天から授けられた至福の時ね。こんなに毎日なにか、おやっと思うんだけれど、新しい感じがする、感動がある。小さな感動があるということは、元気な時にはなかったわね。ほんとにこの体は痛いのよ。もうこの体左半分はすごく痛い。だからこれは水俣病の人の痛みにほんのちょっぴりあずかってるという感じ。もっとすごいものだからね、水俣病だったら、私よりも。だけどほんのちょっぴりあずかって、それによって、感じが鮮やかになっている。悪いことがあるといいことがある。それがね、やっぱりアニマなんでしょうね。いいことを感じる、感動があるというのがね。

一本の草に宿るメッセージ

鶴見　今西錦司◆さんが「私は自然科学をやめて、自然学をやる」と、晩年はそういった。「我思う故に我あり」といったデカルトはまちがっている。そのために人間と自然を切り離してしまった。「我感じる故に我あり」とすれば、馬だって、カゲロウだって、おっしゃったアリだって、みんな感じてるんだって。そこにある草木だって、感じはあるんだって。そうしたら人間が感じる、そっちが感じる、同じじゃないか。そうすれば、草木にも人間は学ぶことができる。生きてるものからはなんでも学ぶことができるんだ、人間は。そういうふうに考えると、これは自然と人間を切り離すんじゃなくて、一つにまとめていく考えになる。それが自然学だ、と

◆今西錦司（いまにし・きんじ）一九〇二〜九二年。生物学者、探検家。「棲み分け理論」で、独自の進化論への基礎を築く。

いった。私ね、今西錦司はアニミズムだと思う。

ところが、私、オランダに行って、オランダの天文学者に出会った。その人がどこかの木を庭に植えようと思って、苗木をもってきて植えたんだけれど、急に旅行に出なくちゃならなくて、留守をするから困ったな、水をやらなくちゃならないと思って、近所の人に頼んで水を撒いてやってもらって、帰ってきたら喜んで大きくなっていた。木だって感じるんだ、だからデカルトはまちがってる。同じことをいってるのよ。それでね、その人がいったのは、トンと自分が手をここにぶつけて、あ、痛っていうこと。痛いって感じる、故に我ありとなおさなきゃだめだ。びっくりした私が、日本には今西錦司という人がいて、こういうことをいったんだといったら、すごく喜んだ。それであなたのいったことを引用して、今度の論文を書くっていったけどね。日本人だけじゃない。そういうことを考える人がいまでてきてるのよ。これはヘンリク・テナカスさんといってオランダ政府の気象台の偉い人なの。この人は天気予報はますます当たらなくなるっていった。なぜっていうと、ますます細かいところまで明確に、明晰に分析する。そうすれば天候なんていうものはわかるものじゃないって（笑）。ほんとにおもしろい話。つまり全体的把握が必要なんであるといった。だから、私はほんとにうれしかった。同じような考えがだんだんでてきてるんだということで。

石牟礼　私なんかが道を歩いていると、熊本界隈もみなコンクリート鋪道になっておりますからね。そうしますと、コンクリート道の真ん中にかぼそい草がひょろっと出て、そよいでいるんです。行ってみると割れ目があって、まあ、あのやわらかい草がねえ、コンクリートを割って出てきている。見ていると私、ふるえがくるんです、じっと見ていると。太古の精霊が、太古からのメッセージが草に宿ってて、まぎれもなく太古の申し子が……。

鶴見　近代のなかから太古がでてくるのね。

石牟礼　はい。それで励まされましてね、一本の草が風にゆれてるのを見ると。ほんとにもう、じつにたくさんのメッセージを伝えるために、そこに立ってたという気がするんです。ほんとに神話のなかに引き入れられたような、一瞬の間に、そういう気がするんです。だからいまおっしゃったお話は大変おもしろい。

鶴見　それが近代科学とけっして分かれるものじゃない。近代科学をもう一度根底から考えなおす。

石牟礼　そうですね。分離していくんじゃなくて、まとまっていくようにですね。

鶴見　それだから科学と美とが対立するんじゃなくて、科学のなかに、美に対する感覚が、美しいものに対する感覚がなければ科学は成り立たないと思う。技術だって成り立たない。だからそれは根源的なものじゃないの？　つまり人間が美しいものを美しいものとして感じとる力という……。それがなくなればとても寂しい、つまらない世の中になっちゃうわね。

石牟礼　そうですね。いま遺伝子の絵解きをよくしていますね。そうすると、よくはわからないなりに、ある形があって、それなりに異なる形をもってて、体系をもってて。電子顕微鏡の世界ですから、実際は知らないけど、それを絵にして見せてくれて、それを見てると大いなる秩序みたいなものとか、それから途中で変質する仕組みだとか、それでも何ともいえない美の体系に沿ってできあがっていますよね。美と思えば思える。だから科学というものが、生命体の世界をあるべき姿に統合する方に向かっていけば、不老の術なんていらないということはわかるんじゃないかと思うんですけどね。

祖霊と魂の蘇り

鶴見　柳田は日本人の民衆の信仰として、死んだ人の魂は生きてる遺族の身近にとどまる、それ屋根の上とか、家の後ろの森とか、そして呼べばいつでも答えて出てきて助けてくれる、それで交通が途絶えないと、そういう考えだった。反対に仏教は極楽浄土、どこだか知らない遠いところへ行くって。ここに矛盾があるということになっている。だけど仏教は、サンスクリットでわからないから、お経なんか読んでもらっているけれど、ああいうものじゃないと柳田はいってる。あなたがおっしゃったとおりなの。だんだんに日が経つにつれて、仏教では三十三年の弔い上げというでしょう、三十三年と区切らなくてもいいけれどもね、だんだん遺族も知ってる人は死んでいく。だからだんだんに霊が山を登っていくと柳田はいう。最後には紫雲のたなびく高い峰ぐらいの遠いところへ行って、魂は浄まわる、浄められる。そうして最後にどうなるかというと、山の上に行って、祖先の霊と一体になって、一人一人の個人、〇〇さん、××さんといってた、そういう一人一人の個人の魂ではなくて、祖先の魂と一体化して山に登っていく。そういう考え。だけど山に行くというのは、そういう形で山に行くのか、それとも普陀落渡りみたいに、あるいはニライカナイみたいに海に行って、海の彼方にあの世をみるのか。あなたはどっちですかってうかがいたい。

石牟礼　最初は近くにいるという感じが、私もいたしますね。

鶴見　だって知ってるんだもの。だけど知ってる人がみんな死んじゃったら……。

石牟礼　それはなんていうか、生きてる人たちの願望で、浄まってほしい、長い間見守っていただいてありがとうございましたって、もうお役目を終えられて、もっとよい姿におなりになって、それから雲の上になって、美しい、拝むのには高いところに向かって拝みたいでしょう。だから一番理想的な形の、神に近い……、もう神になるんですね。祖霊と一体化して、拝むのにいい場所にいてくださる。それは山の上であろうと、海に近しい人だったら海の……。

鶴見　そう。だから私もそう思った。海に行くか山に行くかは、海に近い人は海に行くと思う。山に近い人は山に行く。

石牟礼　両方あっていいんじゃないかと私は思います。

鶴見　わかった。じゃあ、柳田のいってるとおりだね。

石牟礼　でも国にしても、人間ておもしろいですね。理想の形をつくっていくんですね、つくらずにはいられない。より高めたい。制度もつくりますけど、それは仮のものと考えてる。

鶴見　そうなの。それが宗教なのよ。自分より大きなものにあこがれていく。それが民衆の信仰であるということは、ジョン・デューイ◆がいってる。それなら宗教ということを納得できるけれど、教義があって、聖なるものに対する儀式があって、組織（教会）があるのが、それが宗教であるというのは、創唱宗教を基礎にした欧米流の宗教の定義である。アニミズムはそういうものじゃない。だからアニミズムは宗教じゃないといわれる。だけど私は、自分より大きなものと一つになりたい、大きなものをあこがれる、それでいいんじゃないかと思う。デューイの『コモンマンズ・フェイス（Common Man's Faith　普通人の信仰）』という小さい本があるんだけれど、私はそれを宗教の定義にしたいと考えている。そうすれば水俣の人々の宗教、信仰というのはよくわかる。自分より大きなものは自然よね、自分を育んでくれた自然。それと自分がともにあり、ともに生き、死んだらまたその中へ帰っていく。そうしてまたなんかの形で生まれ変わってくる。アニマ、魂の問題なのよ。それだからカトリックの宗像巌先生が水俣へ行って感動された。これはカトリックの教えそのものだった。魂の問題なのよ、どういう次元でも関心をもってくださるのはいいわよ。究極的には魂の問題なの。それは自分を殺そうとしている相手よりも、殺される自分が高い魂をもつということ。それが『アニマの鳥』。天草四郎◆なのね。

石牟礼　ぎりぎりのところに追いつめられた次元で、そう思っただろうと思うんですけどね。

そういうところでは希望なんていうと、絶望だけしかないようですけれど、人間は最後のところで高く超越できるんですね。

鶴見 そして母子像があるから希望がある。だんだん水俣事件の構造がわかってきた。そういう意味でも水俣は終わりじゃなくて始まり、そのような構造をもつ。これはなんていったらいいのか、運動とか、そういう言葉は使いたくないけれど、そういう構造をもった人々の動きが、これからだんだんでてくることが未来への希望だと思う。それが美しいものなのよ。

石牟礼 杉本栄子さんたち、緒方さんたちがやってるのは、大きな運動にならないって、水俣の人たちでもね、言ってます。

鶴見 運動なんてやめましょう。

石牟礼 運動じゃないんですっていってるの。もう運動はいや。緒方さんは「本願の会」という名前をつけようと、とりあえずそれでいいって……。仏教の言葉ですけれど。なんとい

◆ジョン・デューイ (John Dewey) 一八五九～一九五二年。アメリカの哲学者、社会心理学者。プラグマティズムの哲学を大成。教育学者としても、とくに児童教育を実践的に指導。

◆天草四郎 (あまくさ・しろう) 本名、益田時貞。一六二一～三八年。江戸前期、島原の乱の総大将。キリシタンに入信しジェロニモの洗礼名をもつ。一六三七年、圧政に抗して島原と天草に一揆がおこり、その総大将に擁され島原半島の原城にたてこもった。九〇日に及ぶ籠城を続けたが、食糧・弾薬が尽き三八年二月に陥落、討ちとられたと報告されている。

うか、ほら、やっぱり蘇りですね。

鶴見 蘇り。でも蘇りはキリスト教の言葉。それでもいいわよ。「われは命なり、われは蘇りなり、われを信ずるものは死すとも死なず」。だから私は「回生」といってる。回生は一回りまわって違うところに出てくる。もとへ戻らない。もとへ戻るって考えは、もう私は捨てた。私はもとへ戻らない。私は回復ではなくて回生だわ。

石牟礼 なるほどね。ただ、緒方さんたちのいってる蘇りというのは、キリスト教とは関係ありません。それぞれの世界と共に生まれ直す。

鶴見 そうそう。いいのよ、蘇りで。キリスト教は関係ないけれど、あなたが関係づけたのよ（笑）。キリスト教と関係づけちゃったのよ。

石牟礼 私も書きながら、こんなふうに書けば、キリスト教の人たちが、なんだこれは異教だ、っていうんじゃないかと。

鶴見 いや、キリスト教をあなたは超えた（笑）。それはなぜっていうと、私の師匠のマリオン・リーヴィは、宗教には二種類あると言った。寛容宗教と非寛容宗教、排他宗教と非排他宗教。キリスト教とイスラム教は排他宗教で、非寛容宗教。仏教とか神道とかは非排他宗教、寛容宗教。他の宗教を排斥しないのよ。だから何ものも排斥せず、何ものも捨てない、排除しない。そういう二つの宗教があって、いままでキリスト教の世界では排他宗教のみ、一つの神を信ずる者は他の神を信じてはいけないという、そういう掟であったけれど、それだけが宗教ではないとリーヴィはよくいった。道子さんの解釈した「隠れキリシタン」は、本来のキリスト教の排他宗教を超えたと思う。アニミズムによって超えた、私はそういいたい（笑）。

石牟礼　ちょっと気になったんですが。たぶん異端的なことを私は書いたんじゃないかと。

鶴見　異端でいいのよ。だっていまローマ法王がエルサレムに行って、異端をやっているのよ。私、感動した。

石牟礼　あれはちょっとびっくりしましたね。あらあと思って……。感動しました。よくぞそういってくださったなと思って……。

鶴見　隠れキリシタンの心がわかるわよ。あれならよろしい。で、いままでを懺悔したの。だから幕府はすでに近代なの。キリスト教なのよ、あれは。キリスト教の本流なのよ。そしてキリシタンがそれを超えてる。そういうふうに見るとおもしろい。だから水俣というのは、相手を超えた、国を超えた、国というか、国家を超えた、そういう動きなの。だから水俣は始まり。国家を超えていくことが始まり。異なるものが異なるままに、ともに支えあって生きるという、私はそれだと思う。人間は自然の一部だけれど、人間と虫とはやっぱり違う種なのよね。違うものが同じになっちゃいけない。みんなが同じになったら、生命体というものは弱いものになっちゃう。それぞれ違うものがともに生き合うにはどうしたらいいか、それは、やっぱりアニミズムみたいになんでもともに生きるように受けいれる、そういう考え方とそういう論理が必要になる。私はそれが「曼陀羅」だと思ってる。

〈幕間〉石牟礼道子、『アニマの鳥』を語る

――『アニマの鳥』を書かれた動機、そして『アニマの鳥』というのはどういう物語かということを簡単にお話しいただければと思います。

これは島原の乱なんです。日本が鎖国に入る原因となったと言われているキリシタンの乱、農民たちの反乱といいますか、一揆といいましょうか、そういう事件がございましたけれども、四百年前とはいえ、身近な天草、島原地方で起きていますもので。先祖たちもなだれをうって参加したんではないかと思っていたりして。

ほんとうに書こうと思ったのは、水俣の患者さんたちと、もう三十年ぐらい前、チッソ本社のあるビルの前の道端、東京駅の八重洲口のそばですが、そこで座りこみをしていた時から、いやいやさらにもっと前、前から事件が起きました天草・島原界隈に先祖たちはおりましたので、母がまた隠れキリシタンではないかと思われるふしもございまして、それを確かめないままに死にましたんです。まず物書きになる前に、もっとさらに若い時から関心があって、どういうことがあったんだろうって。幕府軍が十二、三万もこの辺土まで来て、原城に閉じこもった三万人のしかも女子供、老人たちを、なぜ皆殺ししたのか。あるいはまた、幕府軍に、武器も持たぬ百姓漁師が手向ってどうなるのか。いくら考えましても、勝ち目のない戦さに、地侍たちももちろんいるんですが、ふつうの百姓、漁師が、どうして戦さをする気になってゆくのか、非常に心惹かれておりまして、一体どういう世の中で、人々はどんな考えを一人一人がもっていて、どんな生き方をしていたんだろうって、思っておりました。

　とくに文字なき人々の無意識界の中に踏みこんでみたい、広がってみたい気持ちがあったんです。書こうと思ったのは、やっぱりあの座りこみでした。あれをしたことによって、原城で死んだ私の先祖たちの魂が来て乗り移ったんだろうと、いま思います。着のみ着のままでいって、鋪道の地べたに座って、雪の降る夜もあった。冬の寒い時に明日のあては何もないのに、食べ物もお金も何もないのに、チッソの前に座って、患者さんたちといっしょに、飢え死にしたって、あるいは機動隊にぶっ叩かれて、引きちぎられて死んだって、なんていうことはないなと思ってました。恐怖もありませんし、むしろ気持ちが高揚して、この世の見納めに、人の心のさまざまをなんでも見せていただきましょうという気がしてました。それは患者さんたちの長年の受難に

◆島原の乱　江戸初期の一六三七～三八年、肥後天草の農民が、天草四郎を首領に、キリシタン信仰を旗印としておこした百姓一揆。相つぐ凶作にもかかわらず、領主松倉・寺沢両氏が重税を課したことに対する、年貢減免等の要求から端を発した。一度は島原城を猛攻して落城の危機に追い込んだものの、事態を重視した幕府が佐賀、久留米、柳河の三藩に出動を命じると、島原南部諸村と天草の一部の農民が原城にたてこもった。ここに至って、領主との農民一揆から、幕府権力そのものと対決する宗門一揆へと転換した。しかし食糧・弾薬等が尽き、幕府側の総攻撃で全員殺害された。

対応する人々を見ててのことですけれども。何もかも見た。平知盛でございましたか、有名な言葉が、いまちゃんとは思い出せないんですけれども、「見るべきほどのことは見つ」、見ちゃったという最期の言葉がありますけれど、そういう気持ちになったんです。

人間の歴史というのは、自覚できるのは自分一代のことですけれども、先祖たちも生き代わり死に代わりして、その中にはいい人生、社会的にも位人臣をきわめて死ぬ人たちも、もちろんいるわけですけれども、そうでない人生もあります。私はどう生きたいかというと、位人臣をきわめる方にはいきたくない。日々、生きるということの意味を全面的に受けとって、よくわからなくとも受けとって、納得して、そのとき、いわゆる貧しい境涯であったとしても、下の方から庶民のことを全部受けとめていくことで、人が生きるということの意味を、悲しみや苦しみをふくめて、一番どん底のところで私は知りたいという想いが、ずっとありました。むりにどん底になったりはしなくともいいんですけれど、日常の時点で最低ということは何を意味するのか、道徳や美の基準でいう最下位ではなくて存在の基底部。そこで人間は、ほんとうに社会的な地位において最下位にあることはいけないことなのか、悲しむべきことなのか。たとえば幻の出雲大社の、三本杉の太柱を摑んで離さなかったであろうあの大地の力、あの基底部は、何を語らずにいるのかと。ずっと思っていました。この世を存立させる存在の基底部はどこかと。柱をどこに定めるか、その深いところは、と思いながらみていたんです。その語らない存在の基層部が、いま私たちの足もとの大地ですもの。患者さんたちを見ていて、どん底の状態でいて、希望というものをもつことができる。肉体がある限界に達した時に魂はどうなるのか、魂はむしろより高いもの、より美しいものをめざして、なお生きようとするんだと。そこにおいて、人がつながりうる絆というのはしっかりあるんだということを、いまになれば、いろんな体験の中で、魂の位がさだまってゆくことがわかりましてね。私は魂の位において美しくなりたいと思っておりました。チッソの前に座った時に、何もかも見たというのはそういう意味なんです。「ああ、原城に閉じこもって死んだ人たちが日夜見た夢・幻はどういう幻だったろう」と思いましたけれども、どういう人の一生の中にも花という瞬間があると思える。そういうものになりうる、そういう幻を見ることができる。できれば、生きた意味がそこに読めるような、幻とともに睡れるような。

そうすると原城には何か美しい魂がゆきかっていて、人々はただもう一途に、来し方を振り返って昇天したに違いない。そんな魂をはげます信仰があったんだろうと思います。何しろ落城前にも四郎の名で信徒たちへの法度書きが配られて、礼拝と日々の懺悔を怠らぬよう、善事をなせ、字の読める者は読めない者に読んで聞かせよとあります。そういう物語にしたいなと思っておりました。具体的な物語にして、一人一人等身大の人々を描きたいなと。子供からお年寄りから、人間が美しいということが信じられる、そういう魂になって、あの世に行くことができる。それをとても書きたいと思って、ぼつぼつ資料を集めて、それで何とか書きました。いま現在も生きていてちっともおかしくない親しい人たちの姿を借りて、魂が高貴なものになっていくという過程を書けたら、私自身がものを書くという大変贅沢なことが成しとげられるのですけれども。

アニマというのはラテン語ですね。魂のことだそうで、当時のキリシタン、当時入ってきたキリスト教の中には、仏典のことばに翻訳して教義を教えていますが、まるで仏教みたいですよ。時々はめんどうくさくなったのか、原語でどんどんキリスト教の用語を教えているんです。その中にアニマというのがありまして、アニマの助かりをという。魂の救済のためにこの教えにおすがりしなさいと。生きている今生の苦しみは、後の世の、後生へゆくための捧げ物であるからというふうに教えているんです。だからアニマというのは、現し身を超えてゆくものだ、それを目ざせるものを一人一人もっているんだ。アニマというのは、現し身を脱して天国に行くときの姿だと、信徒たちはおもうんです。

それでひと様を、ポロシモ、隣人という言葉ですが、そのポロシモをわが身のごとく大切にせよというのが教義の一番中心にございますから。日々の信仰の基準としては、それが一番わかりやすいので、そういうふうに教えているわけです。私はこの本の中で、ひと様という言葉で書いています。いまも天草の人たちが使っている言葉で、ほかの人を他者とか他人とは言わないんです。それでひと様をとても大切にしなきゃいけないというのは、キリスト教の教えだけでなくて、私の母もそうでしたけれど、山にいる猿とかいろいろ、山の神様とか、蛇とか、山にさまざまな獣や虫たちがいますけれど、獣と言わない。山のあの人たちって、私の母なんかも声をひそめて謹んで言っていました。声をひそめて、山のあの人たちから仇をされんように、山に行くときは気をつけて。山には、山のあの人たちがいらっしゃるから、謹んでゆかなきゃいけない。木の実などをいただくときは、山のあの人たちに、ちゃんとお礼を、ことわりを入れて、くださいませと、おことわりを申してからいただいてくるものじゃ、黙っておっ盗ってきてはならんというふうに、私の家では教えておりました。

山のあの人たちとか、他人の、友人の、親類の人のことをいうときもひと様と、親類のあのひと様方っていうふうに、ふつう言っておりましたから、島原の乱は約四百年ぐらい前の時代の話でございますけれども、いまでも残ってる、何とも心やさしい世界が当時はもっと濃密にあったのではないか。キリシタンへの興味で教会に行って、その時だけ教会にぬかずいてくるということでなくて、学問用語としてはアニミズムという言葉もございますけれども、もっと深く広い意味で、一つのコスモスがそのように遍満している、アニマが満ち満ちている、そして行きかっている。猫でも犬でも、死なれたら念いがのこる。

そういう世界の中に住んでいた人たちの、やさしさに満ち満ちているような世界の中にキリスト教が入ってきた。当時の日本は仏教ももちろん入っているわけですから、天草あたりにも仏寺とか、もちろんあるわけです。戦国時代の信長が非常に排斥した寺の末寺があるにはあるんですが、どうもやはり当時の信者たちや、領民たちに対しては力が弱い。そこへポロシモを大切にというような教義が出てきて、どうも観音様に似たようなマリア様というのがいらっしゃるようだ。それで領民たちは御主《おんあるじ》、デウスさまやキリシトさまはどこかしら近づきにくい神様ですけれど、マリア様はわりと親しみやすい。三位一体の神様を至上のものとして、仏教は邪教で、あれは異教だというふうにキリスト教では教えるんですけれども、それはどうも頭の上を通りすぎていって、仏教の方もひそかに大切にしてるような人が多かったと思うんです。資料などを見ると、そういう片鱗があります。

しかしご承知のように、国禁の教えですから、藩は禁教という政策をまず立ててきて、信者たちを棄教させるためにむごたらしい処刑をしたりする。島原半島の松倉藩では二代の殿様に渡って、そんな治世が続くんですが、一つには江戸幕府が確立するころですので、三代将軍の前、秀忠ぐらいから、秀忠、家光の時代ですよね。江戸城を改築するために、各藩に、まもなく参勤交代もはじまるんですが、過酷な年貢を割り当てるんです。そこでは、ありもしない田んぼに実った米を出せというにひとしい割当高を、出せと言ってきた。藩に納めるために、幕府に納めるために船を廻させて、それを出せと。百姓は麦しか食べません。出せないならば、女房たちを、女たちを人質に取るぞということを言ってきて、最初は取らないんですが、とても納入するのに不可能な割当であるので、ずるずる領民たちを引き回していくんですが、いよいよ人質に取るということが起きました。それが一つの発端で、キリスト教を棄てられないということと、そういう過酷な年貢と、むごたらしい処刑が続きますもので、領民たちにとっては、この世は地獄になるわけです。雲仙岳のぐるりの庄屋たちが集まって、殿さまは百姓たちの首を切って逆さに振れば米がぱらぱら出てくると思われるのか、それなら早く切ってもらいましょうと言ってたくらいでした。早く殺してもらって、パライゾに引きとってほしいって願うようになるんです。

むしろ喜々として原城に閉じこもって、戦さをはじめるんですが、キリシタンたちは神の世の中をつくりたいと思うんです。そのためにデウス様に敵対する幕府の大名たちと戦さをするのは、デウスさまの戦さであると思ってる。旗印に『天帝』とあります。たんなる百姓一揆の年貢をまけてくださいという、そんなみみっちいことは、やってもどうせやってはくれまいから、神の敵をやっつける戦さを自分たちは起こすんだということで旗揚げをするんです。この過程で、どういう生活の中で、どういう人々が日夜、何を考えていたのかということを、女子供をまじえて、書いたんです。

仁助が与左衛門宅に着いてまもなく青ざめた親子が戻って来た。息子の方は目が吊り上り、心ここにない形相になっている。今年、山木場でとれた赤米の、米とはいえないほど小粒で未熟な青籾をこさぎ集めて、二俵ほどにしてあったのを持参したのだという。これで我慢してくれというつもりではなく、実情を知ってもらうためである。

宗甫の屋敷の前には、さしたる幅はないが川が流れていて、堀代りになっている。与左衛門父子は門前にかかる二間ばかりの橋を走り渡った。俵を担いだ者たちもあとに続いた。門番と押問答を重ねるうち、

「何事じゃ、騒がしい」

と出て来たのは、収納の時期に何度か顔を合わせたことのある用人だった。俵を拳で叩いたり、どういう訳か耳を当てて聴いてみたりするのが印象深かった。縋りつく思いで与左衛門は訴えた。

「おお須山さま、この度はひとしお面倒かけておりまする」

「何事かと思えば、与左衛門か」

ふーむというような表情は、もちろんことの次第を知っている。

「須山さま、お願いにござります」

後ろにいた息子が飛び出して、地に手をついた。与左衛門が道々、

「向うでは、あんまりものを言うまいぞ。お前は弁の立つゆえ、妙に向うの気分を損ねたら、何をされるかわからん」

と固く申しつけておいたのに、もはや念頭にないらしい。

須山は年取った蝦蟇のような瞼をつむり、その瞼を明けないまま口を動かした。

「お前の名ぁは、何というたかえ」

「長市と申しやす」

「長市か。女房の名ぁは」

「おきみと申しやす」

答えると同時に長市は逆上してしまった。

「おきみを返して下され。おきみはどこに……、おきみ、おきみーいっ」

叫びながら立ち上って須山の衿にとり縋り、屋敷内のどこかにいるであろう女房に、届けとでも思うのか、その胸元を引っぱりながら絶叫した。

侍たちが二、三人飛び出して来た。

与左衛門は後ろからおっかぶさって、息子を引き戻した。

「見苦しかぞ、馬鹿者が。お許し下さりやせ。何しろうろたえておりやすもので。お詫びせんか、こらっ」

そう言う与左衛門もやっとの声で、もの言う度に肩が波打った。与左衛門はたいへん口下手である。それが嫁助けたさの一心で、必死にものを言った。

「さてさて、お前の息子夫婦は元気者じゃのう」

須山の言葉に与左衛門ははっとした。嫁のおきみは明朗闊達で心に曇りがない。気持の萎えているときに向きあえば、五月の薫風に吹かれたごとくに蘇生する。その性分が裏目に出たのではあるまいか。連れ去られる時も侍に躰をぶっつけたというが、この屋敷でも言うなりにはならなかったのかもしれない。

脇に置いた俵を見て、須山は言った。

「これは何のしるしかのん」

「赤米になりそこのうた青籾でござりやす。お調べ下さりやせ」

須山の顔色がこの時少し変った。

「青籾？　なんでそういう物を持参した」

「倉の中じゅう掻き寄せても、これよりほかにはござりやせん」

蝦蟇の大きな瞼がそろりと開いた気がした。

「当てつけに持ってまいったかえ」

「とんでもござりやせん。何とか、方々に頼んで手に入れて、納入するつもりでござりやすが、実情のほど、嘘偽りでないことをお目にかくるため、持参いたしやした」

「で、この赤米の青籾、赤飯にできるのかえ」

「いや、それは」

与左衛門は答えに窮した。

「出来ぬことはありませぬが、びしょびしょの……」

「いま何と申したか」

口にせねばよかったと、与左衛門は後悔した。

「たぶん出来ませぬ」

「びしょびしょで、出来ぬじゃと」

「申し訳もござりやせぬ、出来の悪か米で」

「当家を愚弄しに参ったか、くず米持ち込んで」

「滅相もござりやせぬ。嫁を頂きに参りやした。あれは身重でござりやす」

「わかっておる。手荒にはせぬ。今、どこぞから調達してくると申したな」

「そのつもりでござりやす」

「ご隠居が家中を招いて能を興行なさるは、この月末じゃ」

「いま少しご猶予を」

「莫迦《ばか》を言え。家中へはもう案内ずみじゃ。月末には新米の赤飯を馳走されるゆえ、少なくとも十五日には、是が非でも納入せいよ。かなわぬとあれば……」

そこで須山はいやな眼つきになった。

「いたずらに遅延するにおいては、川の水なりと質人に馳走せよと、隠居さまが仰せられておる。あの方は、義理がたくあられるゆえ、そのつもりでおろうぞい」

「川の水とは」

長市が呻き、這いつくばった与左衛門が須山の袴に取りついた。

「わしをば質に取って、嫁を返してくだされい」

「お前をか」

須山用人はぱくっと瞼を開いた。

「お前には、精々走り廻ってもらわねばならんでのう」

後ろに立った侍たちが無表情なのが不気味だった。屋敷うちを見廻してみても、どこにおきみが押し込められているのか見当もつかない。

「殿さまに会わせて下さりませ」

与左衛門の絞り出すような言葉を、

「会うてどうする」

軽くはねのけて、須山はくるりと背を向けた。まるでそれが合図であったように、番人たちが寄って来て二人は門外に押し出された。

屋敷の塀に沿って父と息子は小川の岸を走り廻ったが、そのうち屋敷への水の取り入れ口を見つけた。海に注ぎこむこの川は、満潮時には潮が溯って満々となる。石垣はそれを考慮して高く築きあげ、塀をめぐらした根元に取水口が切ってあるのは、屋敷内の洗い場や池のためである。広い池のほとりに蔵があるのは、二人とも納入に来て知っている。おきみはあるいは蔵の中に閉じこめられているのだろうか。二人は取水口の前に立って、光を失った互いの目を見詰めあった。

わが家にたどりついた親子の形相をひと目見て、待ち受けていた者たちはしばらくものが言えなかった。

「お前さま……」

与左衛門の妻女がおうおうとしゃくりあげた。

「あのよな腹、抱えとって」

駆けつけた者たちも、例えようもない重苦しい気分で口をかけるのが憚られた。

与左衛門は咽喉につっかかえる声で、考え考え、こう洩らした。

「まさか、わが家が第一番になるとは。田中のご隠居は前々から、わが家に狙いをつけておったのじゃ。考えてみれば、わが家は納むる年貢も多かが、その分未進も重なっとる。この間の代官所でのお達しで、女どもを質にとるという話はあったが、まさかあのご隠居から狙われるとは……。持ち高の一番多かこの家をゆさぶれば、ほかの衆にも利き目があると、目をつけられたにちがいなか」

「ああ、怪我のなかうちにおきみば取り戻さずば」

長市が足摺りして叫んだ。

（『アニマの鳥』第七章「神笛」三四一～三四六頁、筑摩書房、一九九九年）

この後、このおきみという嫁は、水牢の中で赤ちゃんを産んで、親子とも死んでしまって、引き取りに来いという元家老の家からの使いがくるんですけれど……。それで嫁は天草の方から来ておりますので、天草の親たちも集まっていて、村中が、かくなる上は生きていてもこの家のような目にあうぞと。かくなる上はもう代官たちや家老たちも、こっちの方から行ってうち殺すよりほかにないという雰囲気が徐々にできあがっていくんです。

そういうことがほかにもいろいろあるんですけれど、だんだんと気分が高まって、立ち上がるんですが……。

いろんな事情が重なって、一揆を起こさざるをえないような状況が広がっていって、天草の方の人たちも、島原の方の人たちも、いっせいに原の城に閉じこもって、神の戦さの旗を挙げるという動きがあって、めいめいの家で家財を整理して行くんですが、いよいよ明日から原城に入るという前の晩の、口之津《くちのつ》の庄屋の家でのありさま。この家が島原側の本陣になります。明日は原城にとじこもろうという前の晩です。大庄屋の家なんですが、島原中の庄屋の半分くらいが立ち上がるんです。

その夜は住み慣れた屋敷との別れの宴を張ることになっていた。竹松がまた栄螺や蟹を担いで来て、釜屋には最後の宴にふさわしい御馳走がほぼ出来上っていた。おうめをはじめ、松吉や熊五郎も、そこここに腰をおろし、ひと息ついてあたりを眺めた。ここの釜屋でまた働くことがあるだろうか。明日から先のことはまったくわからない。

暮れどき松吉が庭先を掃いていると、見慣れぬ女人がもの静かに門をくぐって来た。荷物を担いだ供を連れている。この時期にいったいどこのお方さまぞと、松吉は箒の手をとめた。

「こちらがご本陣とうかがって参りました。四郎さまにお目にかかりたく長崎から来た者で、おなみと申します」

松吉がその旨を奥に伝えると、四郎と右近が慌ただしく現れた。別れを告げて来たはずの長崎の恩人、おかっつぁまの思いもよらぬ訪れであった。

座敷に通されたおかっつぁまこと、おなみさまは、畳に指をついて深々とお辞儀した。

「この度の一挙、目出度きことにござります」

四郎は咄嗟に返事も出来なかった。

「わたくしもあの後、身辺を片づけて、どこぞ旅にでも出ようとしておりましたところ、こちらの切支丹衆の旗揚げの噂が長崎にも届き申しました。聞けば天から降りし若衆がおん大将にて、その名は益田四郎といわるるとのこと。わたくしにはすぐ、合点がまいりました。この世にはもう、行き場のないわが身にござり申す。御一統の端になりと加えていただこうと心に定めましたものの、さてしかし、どこを訪ねたらよいものやら、とにもかくにも口之津の学問所とやらに行けば、そなたさまのご本陣のありかも分ろうと訪ねて参りました。ありがたや、本陣がここであろうとは」

四郎も、また脇に控えた右近もすぐには口もきけず、まじまじと夫人を見つめた。おかっつぁまは白髪は目立つものの、いよいよたおやかに見える。

夫人は二人に微笑みかけた。

「足手まといにもなりましょうが、湊で聞けば、原の城に籠られるとのこと。城に入れば女手もいり申そう。旗指物や戦さ着も縫わねばなりませぬ。お針なら、わたしにも心得がありまする。そして心得と言えばなあ」

おかっつぁまは悪戯っぽく、くすりと笑った。

「わたくし、手裏剣も少々は使いますぞ。四郎さまが秘術を習われた唐人船の楊《やん》どのから、わたくしは手裏剣を習いましてござります」

あまりにまことしやかで、冗談か本気かわからない。気を呑まれている二人に構わず、おかっつぁまは連れて来た供を手招きして荷物を解かせた。

はっと目を凝らさずにはおれぬ重厚な織物が現れた。緋の色をした紋様のもの、発光している白い綸子、光を沈めて暗い翡翠色の織り模様が小さく波立っている緞子など、豪華な布地ばかりである。ひと巻きずつ取り上げて、これも持参の宗和台の上に重ねあげると、夫人はあらためて恭しく披露した。

「おん大将ともあらば、装束もことに大切かと存じ、店を畳みついでに、奥にしまっておいたものを持参いたしました。心ばかりのお祝いにござります。何とぞお納め下さいまし」

聞きつけて挨拶に出たお美代が、積み上げられた布地を見て、

「これはまた、高尚な……」

と呟いて、ほーっと息をついた。女同士の気易さからか、おかっつぁまは反物をとり上げてお美代の手に持たせた。

「これは唐《から》の名産にて、洛州の紗綾《さや》にござります。こちらはその花文綾《とびさや》で、柄が大きゅうござりますゆえ、陣羽織や袴によろしいかと」

上気して言葉も出ないお美代に、おかっつぁまはしんみりと言った。

「お身さまたちの手を借りて、四郎さまはじめ皆さま方の陣中装束を仕立てたく思うております。よろしゅうお願い申します」

その夜の宴は、辺見寿庵や、蜷川の妻女と娘、それに弥三も加わって賑やかなものになった。

おかっつぁまに引き合わせられた寿庵は、切支丹本とかの名香の礼を述べると、ひととき夫人に見入り、感にたえぬような声を出した。

「さてさて、これはまた、かぐわしきお味方の参られたものじゃ。いかなる猛将の合力よりも心強う思わるる。のうおのおの方」

「寿庵さまの城中の楽しみがふえ申しましたな」

弥三が口をはさむと、

「年寄りをなぶるでない。しかし、そなたを相手に茶をたつるよりも、この女性《にょしょう》相手の方が、たて甲斐はあるというものよ」

まわりで笑いが湧き起こった。

盛装したおかよが膳を捧げて、四郎の前に進んだ。お美代に言われて、最後の化粧をして出て来たのである。ひときわ愛らしくなっていて座から嘆声が上った。おかっつぁまの前にも、初々しい娘が膳を運んだ。

「どちらさまの娘御で」

夫人がお美代にたずねた。

「右近さまの妹御にござります、みずなさまと申されます」

「おお、みずなさま、なんとも、ふっくらした蕾でござりますなあ」

「はい、みなみな惜しゅうござります」

朱塗りの椀も脚つきの膳もところどころ剝げてはいるが、先代が長崎から見つくろって来た逸品である。原の城の四郎の本陣へこの漆器を運び、朝夕使ってもらおうとお美代は思っている。

お美代はみずなを手招きして、蒔絵の銚子を渡しながら囁いた。

「まず四郎さまに、この酒をばさされませ」

去年の夏、嵐の夜に泊まって以来、四郎は何度か蜷川家の厄介になって、その度に、無邪気であけっぴろげだった少女が、少しずつ大人しくなってゆくのを、むずがゆいような気持で眺めていたが、目の前に朱塗りの銚子を抱えて座ったみずなに目をみはった。裾をひいた紫縮緬の小袖が、少女を別人のように見せている。たしか十四のはずだがと思う間もなく、紅をさした唇が開いた。

「どうぞ、お盃を取られませ」

慌てて盃を取ると、みずなは眼を伏せたまま無表情に酒を注いだ。四郎がゆっくりと盃を干した途端、みずなはこらえきれぬように忍び笑いを洩らした。二人の目が合った。あどけない笑顔であった。嵐の夜、子どものように騒ぎ立てたみずなが戻って来た気がして、四郎はほっとした。

最後の夜にふさわしい華やかな宴となった。

(『アニマの鳥』第九章「夕光《ゆうかげ》の桜」四五〇〜四五四頁)

いよいよ幕府軍に取り巻かれて、二か月間、持ちこたえるんですけれど、兵糧攻めにされて、城中はほとんど食べ物がなくなっていきまして、四郎は率先して断食をはじめます。少数の落人も出はじめるんですが、それは片端から捕らえられて斬られてしまいます。いよいよ城中に力がなくなったと思ったのか、幕府軍がいっせいに総攻撃をかけます。外の方から、半分穴を掘った、藁で囲った信徒たちの住居を焼き払っていきまして、最後に残った四郎の本陣も火矢をかけられ、燃えはじめます。主に細川の兵たちが斬りこんでくるんですが、そのところです。竹松という者がいて、竹松は、銛で魚をとる名人ですが、大変飲んべえだけどみんなに愛されて、白装束に白鉢巻をして、これはほかの信徒たちも同じでして、参戦した幕府軍の絵に白装束の信徒たちが描かれております。竹松は銛を使って戦う。四郎を守るつもりでいます。

竹松は灯の入れられた高張り灯籠を眺め上げた。奥深いかおりが漂っている。おなみさまのお香じゃろう。礼拝堂には八分通り人が詰まっている。前列には、小姓組の少年たちをひきつれて右近が端座していた。きりりとしめた鉢巻が純白なのは、今日の日のためにおろしたのだろう。奥の方に四郎と寿庵の姿が認められた。おなみさまの顔もある。女たちまで全員刀をたずさえ、オラショの声が部屋中に満ちていた。蒼ざめた四郎の面に冴え冴えとした光があつまっているのを竹松は見た。断食なされていたはずじゃと思って胸をつかれた。

本陣を囲んでいる石垣の外に土を蹴る足音がして、切迫した息づかいが入り組んで聞える。斬りあいが間近で始まったようだ。寿庵と弥三が立ち上り、おなみさまに思い決した静かな目の色で挨拶を送り、出て行った。主立つ幕僚たちは、二の丸に敵が現われた時から外まわりを固めていた。その固めが崩れはじめた気配である。

二人の後ろ姿にしばし目礼を送り、四郎はあらためてその場を見廻した。小姓組の少年たち、耳の聞えぬ元セミナリヨ老学生、みずなをはじめ縫箔《ぬいはく》の小袖を着てきりきりと側づとめをしてきた乙女たち、長崎から来たおなみ、蜷川左京、松島佐渡等の女房たち、ほかに警固役の侍が十数人、御堂の中にいた。しかし四郎には人びとの目鼻は定かには見えておらず、冬空のように張った眸が僅かに右近を認めると、みるみる人恋しそうな色に変った。

彼は最後のつとめを果すべく、とぎれ勝ちな声を絞り出した。

「ビルゼン・マリア様、もろもろのベアト（天使）たちに、今この原の城より、謹んでお礼を申し奉る。深き御慈愛により、今日ただ今より、ともどもに彼の国におもむきまする」

そこまで言うと、潰れたような声音になった。

「親兄弟を慕い……、この城に手を曳かれ来しあまたの、幼き者らに……、御恵み深き蘇りを、給らんことを」

唱え終るとしばらくして、盲いた鳥が歩くように彼はそろそろと右近の方へ歩を運んだ。幼き者らに御恵みをという言葉を聞くや、女たちは隣の者とひしとばかりに抱き合った。

さっきから煙の匂いが香煙にまじって入りこんでいた。四郎を抱きとめて座らせると、右近は立ち上り、縁の蔀戸《しとみど》をあけた。煙と血の匂いがどっと立ちこめた。外はもう薄暗く、三の丸、二の丸の火勢はやや衰えたかに見えるが、時々火の粉が高く噴き上っている。

四郎が尋ねた。

「火の手はどのあたりまで、迫っておりましょうや」

右近ははっとした。四郎は目が見えないのか。度々の断食が眼の精を奪ったのか。

「二の丸、三の丸の火は衰えたものの、この本丸にも、出丸にも火が付き申した」

かすかな微笑を口辺に浮かべたかと思うと、足許おぼつかない様子で四郎は立ち上った。

「もはや警固の人数はいりませぬ。防ぎ口へ走られませい」

促されて走り出た者たちは、火の粉の下をかいくぐって来る細川の手の者と、たちまち斬り合いになった。修羅場の風が御堂の中へ入りこんで来る。四郎は心の根をとろりと吐くように言った。

「兄者、やっと終りまする」

わななく腕を右近はさしのばした。

何のための三万余の供犠ぞ。おそらく四郎もそういう思いを一度ならず抱いたはずである。その四郎が今みずから、供犠台に登ろうとしている。痩せてしまった手首を右近は握りしめ、

「あな尊《とうと》、今ぞ一期よ」

そう呟やいた。四郎はうなずき、右近の瞼をほんのしばらく指でなぞるしぐさをした。

竹松は鉾をつかんで、御堂前のせり合いの場に飛び入った。昨夜仁助の小屋で過ごした浄福のひと刻が、ちらりと頭をよぎった。あの家の人びとはどうなっただろう。逢いに行っておいてよかったと思う間もなく、斬りかかって来た武者の鎧の隙間に無我夢中で鉾を突きこんだ。

海の中とは勝手が違う。仕留めたという感じがしない。章魚ともエイの魚《うお》とも違う妙な案配の手応えに、竹松はとまどった。それでも突かれた相手は、異様な声をあげて仰向けに倒れた。

右近も刀を引き抜きざまに御堂を飛び出していた。命あるかぎり四郎の御堂には一兵も寄せつけぬぞと思いながら、槍を突きかけて来た武者の手許につけ入り、片膝をついて横なぐりに切り払った。すね当てを断ち割られた武者が倒れるのを見とどけ、宙を見上げると竹松の目と会った。眉宇の間のけわしさが、さざ波の寄るような優しさに変るのが自分でわかった。

竹松は右近の若々しい凛々しさが嬉しかった。おれは生れ変れば、右近さまのようにありたかったのじゃろうかと竹松は思った。そのとき、彼は首のつけ根に衝撃を感じた。

「おのれ……」

呻きざま竹松は振り向いて、足軽らしい敵兵に組みついた。右近が走り寄るやいなや敵兵の脇腹に太刀を差しこんだ。

敵兵に組みついて離れない竹松を、右近はひきはがした。まだ息はあった。右近の腕に首をもたせかけると、竹松はさも嬉しげに、

「やれ、やれ」

と呟き、すうっと絶命した。

押寄せた敵兵は火の勢いにさえぎられて前に進めず、進入して来ても討ちとられるか、後に退くかして、本陣の前にはしばし静けさが戻った。

四郎は外の静寂が気にかかったのか、戸口へ歩もうとして唐卓に足をとられた。甚兵衛がとっさに抱きとめ、初めて父親らしい声をかけた。

「目が見えぬのであったか、そなたは」

四郎は甚兵衛に支えられて御堂の戸口へ出た。あたりには濃く血の匂いが立ちこめている。十字を切ろうとしている四郎の肩をその時弾丸が撃ち抜いた。おなみがかけ寄り、蒼白になって傷口を縛りにかかった。崇敬していたこの女性に抱きとられた四郎の面に、静かな安堵がひろがるのを右近は見た。気を喪ったようである。御堂の石段の下で、右近はじっとその図を目にとめた。それは炎上する

春の城に浮かんだ一幅の聖母子像であった。

闇に沈んでゆく城内では、炎上する建物の中に入って次々と自決を遂げる女たちの姿が照らし出された。天も地も静まりかえるような情景であった。これを目撃した細川忠利は、父忠興などへの書状で次のように伝えている。

本丸にての死人七重八重かさなりて死に申し候、やけ候おきを手にて押しあげ、中へはいり死に候もの数多にて御座候、なかなか逃げ候ものは見申さず候、さてさて不思議なる仏法にて候、三の丸より二の丸へはいり候も、少しも足早やには参らず候、さてさて強き男女の死に様にて候。きりしたん自害の躰《てい》、此方の者多勢見申し候、小袖を手にかけ、焼け申し候、また子どもを己れの下におしこみ、上へかぶさりて死に候者多く見え候、中々きとくなる下々の死、言語に絶え申し候。

（『アニマの鳥』第十章「炎上」五二二～五二六頁）

第10場　アニマ――民衆の魂

アニマと民衆の信仰

鶴見　この『アニマの鳥』をいただいて、読ませていただいて、本当に私、魂がふるえるみたいな感じでした。いろいろうかがいたいことがあるんですけれども、あまりいろんなことをごちゃごちゃうかがうより、テーマを二つにしぼりたいと思っています。一つは、アニマとは何かということと、民衆の信仰の問題です。私は水俣に行った時に、とくに天草ながれ（天草から来た人たち）とお話しして、これはまず仏教の浄土真宗なのね。それから民間信仰としての自然宗教、アニミズムがあり、そして天草から来た方たちは、それらと隠れキリシタンとの習合だと思ってた。ところがこの『アニマの鳥』を読んで、私がいままで考えていたのは浅はかな考えだったと思う。普通、習合という言葉を使うでしょう、神仏習合◆って。これは誤りじゃないかと思う。これを読んでると、基底に、アニミズムなんて言葉使わなくていい、自然と人間がともに生きあってる、その姿そのものがあって、そしてその中に仏教の南無阿弥陀仏を受けいれる。そして同じようにキリシタンを受けいれた。

　隠れキリシタンのマリア観音を私は天草で見せていただいたことがある。どこかのお家に行った時に仏壇にあった。あれは何でしょうってきいたら、あれはこの家を改築した時に壁の中から出てまいりましたって。そして拝見すると、表が観音様で裏がマリア。これがマリア観音というものかと思った。そしてこれは便宜上作ったものだと理解してた。ほんとはマリア様を信仰してるんだけれども、迫害のために表向き観音様の像を作って、心の底にあるマリア様というので裏にマリア像を刻んだ、とそういう非常に便宜的な解釈をしてた。そうしたらこれを拝見して、そういうものじゃないということがわかった。マリアと観音とは同じものだと。私、そこですごく驚いた。いま神仏習合という言葉で言い表していることは、まちがいのもとではないかということをわからせていただいた。

それからもう一つのテーマは、これを読んで、私は水俣闘争がどういうものであったかということが、はじめて少しわかってきたように思います。わかったというのは、水俣の方に対して悪い、申しわけない。わかるはずがない。だけど、いくらか近づけたという感動なんです。これをどういうふうにいったらいいかというと、島原の乱の構造と水俣闘争の構造の間の同一性、構造が同じであるということの驚き。そのことについて少し立ち入ってお話をしあいたい。

◆神仏習合　日本の伝統的な神梢信仰と大陸伝来の仏教が接触・混淆した結果、生み出された宗教現象。最も古い記録では、六世紀終りころ既に神宮寺がつくられている。八世紀以後、朝廷の積極的な習合政策と地方民間修行僧の布教活動によって神前読経・神宮寺建立は全国的に広がった。一八六八年、明治政府は社僧の禁止、神社の別当あるいは社僧の還俗を令し、重ねて神社より仏教的要素をいっさい撤去すべきことを通達し、ここに廃仏毀釈《はいぶつきしゃく》の運動が起こり習合的宗教慣習はついに終止符を打った。

この二つなんです。

私のテーマはアニミズムといってきたけれども、アニミズムなんていう言葉は使わない方がいいけれど、でもいみじくも道子さんが「アニマの鳥」とおっしゃったから、アニミズムはアニマからきてるから、アニマってなんですかということを、この中にも書いていらっしゃるけれども、もう少し深くうかがいたい。そして最後に水俣闘争と天草の乱はだいたい三百年以上隔たっています。十七世紀のことと二十世紀のことで、天草の乱が一六三七年。それなのに形が同じだということは、石牟礼道子さんがこの『アニマの鳥』の「あとがき」に書いていらっしゃる、一九七一年十二月のチッソの前の交渉とそこでのすわり込みのことでわかる。すわり込みのテントというのがまったく同じ、対応してる。それは石牟礼道子さんが書いたからというより、史実そのものがそういう形であったのだろうと、それを石牟礼道子さんに書かせたのであろうと、そういうふうに考えた方がいいんじゃないかと思う。そして、最後の私のテーマは内発的発展論。内発性とは何か、それは民衆の魂ということだと思うのね。民衆の魂の中にある力だと思う。そういうものを見せていただいたように思う。そういうものは何百年たっても蓄積していって、ある時に爆発する、噴出する。

まず、魂、アニマから入りましょうか。アニマについては、魂というふうにお書きになっていらっしゃるけれども、アニマの国、アニマの舟、アニマの鳥、いろんな形でアニマが出てくるでしょう。アニマって何ですか。

石牟礼　アニマねぇ、なんでしょうねえ。永遠なるものですね。不滅、死なない。ある時は死んだ形をしていても、あるいは死ななければ復活しないみたいなもの、非常に簡単にいえば。たびたび死ぬからこそ蘇って、永遠なるものになってゆくのだと、書きながらずっと思っていました。そして人間だけでなくて、生命たちの魂というのは、そういう意味で本質的に自由というか、自由ということはあとから私たちはくっつけますけれども、自由という言葉以前にもっと本質的に自由なものである。だれにも束縛されない、一番理想的な宇宙と共にあるもの、宇宙の生命と一体になっているもの。言葉にすれば、魂という言葉を共通の言葉としていいますけれども、もっとそれ以前に、存在そのものから、いつでもどこへでも飛翔することができる。和子先生はご自分がご不自由になって、魂が自由に飛翔するっておっしゃいます。

鶴見　すごくわかる。ハ◆レとケ◆というけれども、人間が死ぬということが最後で最高のハレだと思う。肉体から離れて魂が本当にもう一つの宇宙……、とてもこういうふうなからだになってからよくわかる。自由になるのよ。私はいま半分自由なの。元気な時よりもより自由なの。つまりこういうふうに不自由になったために半分の自由を獲得した。だけどまだ完全に自

◆**ハレ**（**晴**）　あらたまった特別な状態、公的な、あるいはめでたい状況を指す。また神聖性を意味することもあり、その場合はケガレ（穢れ）あるいは不浄と対立する。

◆**ケ**（**褻**）　日常的な普通の生活や状況を指す。

由じゃないのね。この次のハレは最高の、究極のハレなのよ。それは死ぬということなの。人間は死ぬということが一番の栄光なの。それで自由になる。それが「もう一つのこの世」。だけど、魂とか自由とか、そういうことは字では書いてないけれど、自由と平等、人権、全部この中に入ってる。そういうものが日本の伝統の中にないと外国の人は言い、日本人もそう信じてる。それはまちがい。まちがいだってずっといいつづけてきたけれども、『アニマの鳥』を読んで、自信をもってそれはまちがいだって言える。少なくともいまより三百年、四百年前からちゃんとありますよ、もっと前からあるでしょうけれど、ということが言えるのはこれだ、そう思った。

その魂の自由ということとは、これは非常に抽象的な言葉なのね。この人たちが信じてる魂の自由というのと深く結びついているのが、自分の住んでいる天草の美しい自然だと思う。その中に自分が包まれて生きてきたということがアニミズムだと思う。すべてが平等なのよ。虫けらもシジミも貝も、全部同じように魂をもって、お互いに魂をもつものとして話をし、語り合い、ともに支え合って生きてる。時にはけんかもするけれど。そういう自然と自分とのつきあいの中から、実感として魂という考えが浮かんできた。だから分かちがたく結びついてるんだと思う。それで私はこれを読んで、道子さんの『椿の海の記』がそのままにこの中に現れてると思った。あの竜の玉も、それから海も、全部入ってきてると思う。そういう自然、――自然というとまた困るのよね、抽象名詞だから――竜の玉とか、桜とか、柘榴《ざくろ》。一家心中をしたその一人一人の人が食べたお皿、それを持ってきて捧げると、そこに朱色の柘榴の花が一つ一つ花開くって、あそこなんかもうすごいと思った。

石牟礼　何が一番きれいかな、白い皿の上に乗せるのはって、遠くからでもハッと胸がとどろくような朱の色が何かないかなと思ったら、あったあった、柘榴があったと思った。

鶴見　私、あの柘榴の話、すごく好きなのよ。小さい時から、祖父の家の広い庭に柘榴があってね。その柘榴の木がちょうどいいところにあったんです。ぽとんと落ちるでしょう。その下が石段になっていて、そこへ落ちる。それを拾ってきては、こうして見て、なんてきれいなものだろうと思ってた。子供の時に見た柘榴の花が開く。それがパッと目に浮かんだわ、お皿の上に柘榴がヒュッと出るという……。それであれが長崎の「おかっつぁま」の紹介してくれた楊さんという中国人の手品、それに結びついてくるのでびっくりした。

石牟礼　あれを手品と書けばちょっと安っぽくなるから、「秘法」と……。

鶴見　「秘法」と書いてあった、手品とは書いてなかった。だけど私、手品だと思った。「秘法」でパッと開く。それから鳩もパッと開く、あのむくむくの、むく毛のある。あれはすごい。というのは、みんなそれがアニマなのね。だから死んだ人の魂が柘榴の花になるとか、鳩になるとかいうのが、アニマの鳥とか、アニマの花とか、そういう形で出てくるのは、ほんとに自然と人間との親しい交わりの中から生まれた感覚なのね。そして死ななければほんとに蘇れないとおっしゃったことは、「燎原の火の中からあらわれてしずもる、花野のごときところ」、という表現で書いていらっしゃって、そういうふうにイメージをまったくはっきり出していらっしゃる。私が小さい時に見たそういう自然は全然違うのよ。天草でもなんでもない。私はふるさとがなくて、東京の麻布の生まれですからね。でも、そういうのがヒュッと出てくる、自分の経験の中から。柘榴の花というと、もう花が出てくるし。だからそういうものとして、感覚として、深く入ってる。それが信仰なのよね。それが信仰になって出てきて、浄土、阿弥陀如来のあの世がそういう「花野」であろうというふうにイメージが出る。

石牟礼　うれしい。なんとかして普遍性をもたせたい、そういうふうに読んでくださる方の中に深く沈潜している、そこに呼びかけたいと思って……。

鶴見　そういうのを呼びさまされる。あ、あの時見たあの花だとか、あの鳥だとかというのを。私、もし水俣に行って、水俣の患者さんたちと話をしていなかったら、そういうことはこれを読んでもわからなかったかもしれない。だけどあの人たちと話していると、すべてが自分が体験した事物として語られている。そういう形で自然信仰が成り立っている。抽象的なイメージでいってることは、みんなミスリーディング、まちがった観念を私たちに植えつけることになってやしないか。またそれを天草四郎がいってるのよね。「どちりいな・きりしたん」、公教要理を一生懸命読むよりも、人々の生活のなかでそれを見ていって、役立てなくてはいけないっていうことに気がついたっていうようなことをいっている。ほんとに『アニマの鳥』というのは身につまされる。最後に、これを読んだ読者の方の胸にアニマの鳥、ふわふわとした胸毛をもった鳩が、どうぞふところに入っていきますようにって書いてあるけど、私、そういう感じだな。柘榴の花も鳩もみんな、私、呼びさまされる、自分の中にあるものを。これは驚くべき本よ。すずとか、おうめさんとか、ほんとに貧しい家に生まれて、小学校にも行ったか行かないかわからない、そういう人たちがいってる言葉がすばらしい。道子さんはすばらしく書いてて、すずさんがいるわけでもないし、おかよさんがいるわけでもないし、おうめさんは最後に武士どもをやっつけちゃうんだからね。石臼で。私、どんな女だったろうと思うわ。私もそのくらいの力がだせるかななんて思ったけど。そういう人たちが、どっかでマリア様と観音様はどっちが上かといってる。どっちも同じじゃないか。それで最後のところになると、マリア様と観音様が出会ったらきっとなかよしになるでしょうっていってるでしょう。驚いたわねえ。そういうことをすずとかうめとか、そういうほんとに貧しい家に生まれて、ひとの家でずっと下働きをしてきた女の子たちがぽろっという。あれには驚いた。それでね、マリアと観音というのは一体なのね。つまり表では観音様といい、裏ではマリアを信仰してる。そういうもんじゃないのね。もう同じものだと思ってる。それで私を救ってくれるのは、マリア様であり観音様である。アイデンティフィケーションというか、同一化、同じものだと考えてる。それは何かというと、自分が柘榴の花になったり、梅の花になったり、桜の花になったりするのと同じように、マリア様は観音様になったり、観音様はマリア様になったりする。私はそこのところがよくわかった。だから日本の民衆の信仰という中に、そういう非常にひろやかなものがある。

それなのにキリシタンは邪教だと、キリシタンからいうと仏教は邪教だといって、対立しあってる。それが上層階級のインテリの浅はかな考えなのね。それを打ち破っていくというんだから、これはすごいと思う。

それからもう一つ、私が驚いたのは、人権意識ね。百姓は虫けらのようなものだというけれど、百姓は人間で虫は虫なんだけれど、虫も魂をもってる、虫も信仰をもってるという、あれは驚いた。虫も信仰をもってて、善人のいい虫がいる。貝でもシジミでも目が開いてるじゃないか、それでお話ができるじゃないか。だからシジミだって信仰をもってるんだという、あれには驚いた。それは人権意識よね。平等意識であり人権意識。それから最後になってくると、だんだんにそれがでてくるんだけれど、巨《おお》きい人というのはキリストのことをいってるんだと思う。巨きな人と、小さい人、百姓というのはどっちが偉いかというと、同じだといってる。あれも驚くべきことだと私は思ったの。これこそ平等、人権意識なのよね。

それから、私がもう一つ驚いたのは、ずっと読んでいくと、目標がだんだん高まっていくということ。最初は自分の嘆願すべき相手は松倉藩である、代官であるといって、減免とか、未納米を免除してくれとかいっていて、そうすると向こうはますます年貢をかけてくる。そうしているうちに、最後には原城にこもると決めると、相手は松倉藩だけじゃなくて、諸国大名が全部やってきて、最後に幕府がでてくる。その時にこちらはどうなるか。もう一つのこの世をつくるという運動になる。最初は小作料の減免とかだったんだけれど、もうそういうことじゃなくて、もう一つのこの世をつくるという、つまり「アニマのくに」をここにつくるという、そういうことにだんだん広がっていくのね。

そうすると、これが水俣の闘争に関わってくるんだけれど、その過程をじつにありありと、この天草の乱で道子さんが描いてる。百姓は松倉藩が相手だと思ってたら、幕府が相手である。幕府だけじゃない、ポルトガル船を幕府が呼び寄せて、われわれを撃っているんだ。そうするとすでに帝国主義というものまでいってる。そうして相手がそれであれば、自分たちはもっと高いところへ行こう。私たちはそういうものをもう相手にしないで、最後は、もう一つのこの世をここに打ち立てようということで、ほんとに死んでいく。だからほんとのハレになる。小さいところからはじまって、だんだん国にぶつかっていって、国にぶつかった時に国を超えていくという、それがアニマなのね。

石牟礼　そうですね。そういうように読んでいただければ作者冥利につきるという気がいたします。

チッソ前のすわり込みと原城

鶴見　そうすると、水俣の闘争と天草の乱が一体になる。

市井三郎さんが「キーパーソン論」の中でいってることは、たとえば佐倉惣五郎◆の事件がある。千葉という地域の中に佐倉惣五郎の魂がひそんでいて、もう何百年もたって、何か事が起こるともう一度噴き出してくるんだという、そういう積み重ねがね。下の方に沈んでまた噴き出してくる、そういうことがあるんだと。キーパーソンというのは、すぐにでなくても、その次、その次というように同じ地域から現れるということをいってる。そうすると、道子さんは一九七一年に東京のチッソの前ですわり込みをして、そしてその時に天草の乱を書こうと考えたとおっしゃった。そのことと私は結びつくと思うんだけれど、道子さん自身は、どうしてそれを結びつけたの？

石牟礼　いまおっしゃいましたように、島原の乱のことはもっと前から気にかかっていたんです。ずっと前から。ですけれど、ひととおり常識的な考え方がありますよね、ともかく全滅したんだって。禁断の宗教を信じて殉教したんだということは知ってたんですけれど、どうしてそこまで、幕府が諸国の大名をひきつれて十三万も来て。こっちは三万でしょう。それでみすみす負け戦とわかっていたでしょうに。最後には幕府がでてくるというのは、だれが考えたってそうなりますよね、撤退しないなら。死ぬ気になったんだろうと、ずっと長い間かかって考えてて、水俣のことがはじまって、私も巻き込まれていって、東京チッソ本社の前のすわり込みを決める時に話し合いをしました。患者さんもまじえて。中心は熊本の「告発する会」◆だったんですけれど。それを支持して、発足させる過程があったんですが……。

チッソの人たちはそれまでまともに患者たちに会おうとしなかったんです。どうしたら会わせられるか。ともかく患者たちの前に出てきてもらおう、衆目の中で舞台の上に。患者さんの前に出てきてもらうためにはどんな手だてをしたらいいかって幾日も相談しあいました。方法としてはチッソの中のお部屋、たとえば社長室や専務室なんてどこにあるんだろう、そこを探して行かせてもらおうと。いまだから言えますけれど、そこを探し出してお邪魔しなきゃいけないわけです。仮に占拠といってもいいけれど、外に向ってはそういってはいけないと。何十年もかかって、あのお躰で東京まで這うような思いで行くわけですから、患者さんたちは。よつんばいになって、歩けなくて這ってというような感じですのに。そうしてやっとチッソのいろんなお部屋のあるところまでたどり着くのに、幹部の人たちが出てこないときは、ほかに泊まらなきゃならない。汽車賃もございませんで、数知れぬ人さまの御浄財で賄いましたけれども。いざ、宿を探すといっても足りないし、体力もないしという有様でして……。外に出ると、十二月でもございましたし……。少しの間軒下を借らせていただきましょうかという気分でお

◆**佐倉惣五郎**（さくら・そうごろう）近世の「義民」の代表者とされる人物。生没年不詳。惣五郎伝説は、実録本『地蔵堂通夜物語』、講釈師石川一夢、初世一立斎文車らの『佐倉義民伝』によって、幕末期にかなり人口に膾炙した。

◆**水俣病を告発する会**　一九六九年四月熊本で発足。患者家族と水俣病市民会議への無条件かつ徹底的な支援を目的とする行動組織として結成された。一九七〇年五月、いわゆる一任派の補償処理に抗議して厚生省に座り込む。この事件をきっかけに、「告発する会」が各地に結成された。

りましたんです。庇を……、雨露をしのぐために。行くところがどこにもございませんから。広い東京でどこも知らないし……。ちょっとしばらくの間、社長さんとお話ができればすぐに帰りますからって（笑）。そういうことを話し合ったんです。そんなふうにもっていきましょうかって。それでも知らんぷりしたときどうしましょうかっていうふうになって、いよいよとなったら、じゃあ、どうぞ何もいりませんから水銀を飲んでくださいって言いましょうよって。それで私たちも飲みますからって、私、そう言ったことがあるんです。まず飲みますからチッソの方々も飲んでくださいって、私も言ったのね。いっしょに死のうと思ったんです。ほんとに思ったんです。飲む場面はなかったんですけれども。機動隊に囲まれた時に、機動隊の靴の裏にはとんがったものがついていて。それで目の前で学生が、東京農大の学生だったんですけれど、蹴られた子がいて、ああ親御さまに申しわけないと思いました。ほかの子たちがまた踏まれたらどうしようと、踏まれるかもしれない。覚悟をしなきゃと思ったんですけれど、さいわいその場では死人はでませんでした。あとで自殺者がでましたけれど。早稲田の学生と聞きました。心のうちをゆっくり聴ける情況ではなく、今も忘れられません。大勢の学生で、顔も名もそれまでは知らないのですが、無口な初々しい若者たちでして、何を考えていたのかわからないんですけれど。ともかくもうここまできたからには、水銀を飲まなくても、おみやげというのは、水俣で待ってる患者さんに、こんなでしたって報告しなきゃいけないでしょう。おみやげっていってましたけれど、この期間はおみやげもない。いい、もう東京でのたれ死にしようと、その時思ったんですよ。あのときのことをいま聞いてみると、たいがいそんな気持ちだったって、支援者の気持ちですけれど。学生もいますし、普通の生活者もいたんですが、もういい、死んでもいいと思ってたって。ああいうことってそうたびたびはないですね。

鶴見 それはたびたびあったら大変だ。

石牟礼 それで非常にさめた気持ちになって、冷静な静かな気持ちでそう思ったんです。機動隊が囲んでて、ふっふふっふ、息吐いて、楯を持っているんですよ。殺気のようなのを感じたりして……。殺されるかもしれないよと思って、まず逃げ出すまいと覚悟した時に、とても如実に、原城に籠城した人たちの気持ちが宿ったというか……。それでその時に、ああ生きていれば書きたいと思ったんです。もし生きて帰れば、いつか原城を書きたいって、そのとき強く思いましたんです。それでずっと考えてて、水俣のことはほんの少し書いてますけれど、書けないこともあるんです、現実の水俣のことは。書いていけないこととか。それで原城のことに託して書けば水俣のことも書けると思って。それでほんとにダブらせて書いたところもございます。もっと突っ込んだ形で水俣よりも原城のことは……。わりと書きたいように書けましたね。

鶴見 もうそれが全部ピタッピタッとくるので、驚いた。まったく符丁が合う。節目節目でピタッと合ってる。

そこでもう一つうかがいますけど、「もう一つのこの世を」という言葉は、水俣闘争史をお書きになった『天の魚』とかに、いくつもありますよね。その中で田上義春さんと、川本輝夫さんと、浜元二徳さんが話しているんだけれど、「もう一つのこの世ということだね」って、たしか田上さんが言ったんだと思う。それを書いていらっしゃるんだけれど、その時にハッとして、ああ、もう一つのこの世をここへつくる、それが一番大きな究極の目標だったんだな。これは道子さんがつくった言葉だけれど、道子さんがこのように表現したんだけれど、それは後に水俣の人々の心を共通して表す言葉になった、というふうに私は書いてる（『水俣の啓示』「多発部落の構造変化と人間群像・二　内発的発展への担い手」）。

だけど、また『アニマの鳥』を読むと、「もう一つのこの世を」というのがここに出てくる。これは私、英文で水俣のことを書いた時に、the other world in this world と書いた。もう一つのこの世をこの地上に、地上にパライゾをということよね。神の国を地上につくる、そういうキリスト教の考えがあるのね。キリシタンの人がもう一つのこの世をと、神の国をここに、地上につくるという考えと、符丁が合いすぎるので、これはどっちが先か、――どっちが先でもいいんだけれど、一つのものでいいんだけれど――、道子さんがあの水俣闘争の時につくった言葉なのか、それとも水俣の患者さん自身が言った言葉なのか、それとも天草の原資料の中にあった言葉なのか、どういう言葉でしょう。すごく大事だと思うの。「アニマのくに」というのはもう一つのこの世でしょう。

石牟礼　そうですね。東京ですわり込みをしている時に、前途に希望というのは何もないんです。形にして皆さんにお見せできるような成果というのは。要求は経済的なことも掲げなくてはなりませんから。

鶴見　だけど道子さんが書いていらっしゃる、補償金とかお金はじつはほしくないんだということを言わせてるのね、患者さんたちに。そういうふうに言ってるというふうに書いてあるのよね。だからそうなのよね、実際に。

石牟礼　からだを返せっていっても、いのちを返せといっても、こういう言い方は不謹慎かもしれませんけれど、いのちを返せといっても返せるものではないですよね、だれにも。わかってて言うわけだけれど。だからその絶望のもう一つ先に、とりあえず言葉は見つからないのに、いのちを返せ、わが子を返せ、返してもらおうと。ほんとは返してほしい、完璧な形で。しかし返してほしいいのちというものは、さきほどからおっしゃってくださってますように、一個の生命が誕生した、その誕生した生命がこの世界に遍満しているほかの生命たちと交歓しあってる、交流しあってる、そのひとりなんだけれども、ひとりではない。そういう世界まるごと、地図に書いてある世界地図とは違う、それこそ魂の世界なんだけれど、その世界とともにある生命をまるごと返してくれって、そこに生まれて生きていたのにその世界もろとも喪失してしまった。その喪失したすべてを返してって、たぶん言ってるんだろうと思います。そんなことを考えているうちに、「補償処理委員会」という国の機関が出てきて、国に任せろと、患者たちにハンコをつかせる事件がありました。ついた人たちは一任派とよばれましたが、低い補償額で押えられた。その患者たちのことが心配で私、東京のその会場あたりをさまよっていて、地下工事の鉄板の上に乗っていて、ふっと「もう一つのこの世を」というのがふっと出てきた。それを時々、患者さん、田上さんたちなんか、「もう一つのこの世を」というのを口にするようになってましたね。

鶴見　道子さんが先に言いだしたの？

石牟礼　そうですね。

鶴見　それがみんなの共通の目標になったわけね。

石牟礼　いや、そんなにはならないんですよ。水俣病闘争の中で、あれは『告発』という機関紙（「水俣病を告発する会」の月刊機関紙）にタイトルとして書いたんですが、ちょっと文学的すぎるというのかしら、闘争自体の中から出た目標とはならなかったようです。わりと近い関係にあった患者さんたちが口にした。おやっと思うような時に聞いたことがあるんですけれど……。

鶴見　だから自分たちの気持ちをよくいってくれたという意味で、みんなのものになったのね。

石牟礼　どうでしょうか。みんなのものになったとは思いませんけれど。義春さんが確かにおっしゃったことがありますね。

鶴見　そうですね。道子さんのそれは田上さんのところに書いてあったの。田上さんがいったことになってた。そしてそれがまた、『アニマの鳥』に出てきたのでね。

浄土は天草の自然

石牟礼　『アニマの鳥』に「もう一つのこの世」をだす時、ためらったんですよ。キリシタンの方では天国という。いわゆるお浄土というのは、仏典なんか読んでみると、あれは何経だったかな、そう、阿弥陀経の中に、木なんか金でできてるとか、きんきらきんの世界ですね。枯れ草が、なびいているような草木というのは、お浄土のイメージの中にはどうも入ってない……。

鶴見　けれども浄土のイメージは天草の自然なのよね。

石牟礼　自然なんです。だからやはり現世を体験して、染色体とか遺伝子とかの次元で考えると、私、免疫の学者で友人がいるんですけれど、遺伝子が証明されたから、いまに生まれ替わりが証明されるでしょう、人間はってたずねたら、それはあまり断言できないんだなあって(笑)。思いたいんですね、私、生まれ替わるって。死んでゆく魂はやっぱりこの世をなつかしがるだろうって思うんですよ。なつかしいから生まれ変わりたいでしょう。いろんなせつない絆があって、それは人間だけでなくて、犬猫や虫や鳥や草木や、そういうこの世のもろもろの、秘められていた絆がせつないという意味で、生まれ替わりたいと思う時に非常に親密なイメージがある……。それで、キリスト教の天国と申しましても、もうちょっとイメージを身近な、私たちに親しい風土で形成されているその、風土をどうしても入れたいんです。

鶴見　それが私のいうアニミズム。だからこれは天草の不知火海の自然そのものなのよね。それに根ざしているキリシタン、それに根ざしている浄土真宗。だからもとのものとは違う。だけどそれが民衆の信仰なの。

石牟礼　はい、そうだと思います。私、そこらあたりを書きながら、四角四面な教団からは、これは異端じゃないかと言われるかもしれないと思いながら書いたんですけれどね。

鶴見　いやあ、これはすごい。そういう形でキリシタンは受けいれられた。

石牟礼　はい。そういう形でないと入らないと思うんです。

鶴見　入るものですか。公教要理なんか、そういっちゃ悪いけれどね。

石牟礼　舌をかみそうな、なかなかみんな覚えられなくて、暗唱できる人はほんとにいなかったって……。

鶴見　それからおもしろかったのは、西忍《さいねん》というお坊さん。あのお坊さんはもう笑っちゃったわよ。あの土壇場であんなおもしろいこと言ってるんだもの。それで、「みんなに助けられてきたんだから、だからみんなの信仰してるものを今日はお返しにきてる」っていう、あれはおもしろい。だからあの人としては、南無阿弥陀仏とアーメンとは同じもの。しかしその地盤には何があるかというと、自然とそこの中に生きている人々が自分を助けてくれたって、そこに根ざしてる、あの信仰は。

石牟礼　はい。まあ、ひとり言のように、南無阿弥陀仏でもいいんだけどって。お浄土もあるんだけどって言ってね。

鶴見　最後に幕府の鉄砲奉行で、鈴木三郎九郎さん。もう原城が陥落して、みんな死んじゃった時にやってきて、そこでおかよの子供、仁助の孫のあやめちゃんがすずという子守りといっしょにやって来て、貝を拾ったんだけど、落としちゃうのね。それで泣きだしちゃうと、それを見て、もとの鉄砲奉行が砂をはらって返してやる。するとあやめちゃんはすごく喜んだ。そういう最後のシーンが、とっても感動的だった。「隣人を自分と同じように大切せよ」ということがキリシタンの教えだというのが、何回もこの中に出てくる。それをまさに、キリシタンの人々からいえば敵ですよね、敵の鉄砲奉行がそれを示すわけ、実際に子供に向かって。そして子供と和解する。そしてこの人は代官になって、小作米の減免をやって、自分は切腹して死んでしまう。ということで、敵が全部悪いんじゃなくて、その中にも心のやさしい、隣人を自分と同じぐらい大切にできる人はいるんだという普遍性。それが最後に現れるということは、この物語をとっても美しいものにしてると思う。この最後のシーンはどういう意図で書かれたんでしょうか。

石牟礼　一番最初から、全部死なせずにだれか残したいなと思ったんです。だれをどういう形で残そうかと。一度原城に入ってしまえば出られないし、落人は少しはいるんですけれど、その落人のだれかをとも考えたんですが……。

鶴見　だけど落人というのは結局殺されたんでしょ。

石牟礼　殺されたんですね。それで、入らせないで残せないかと思って、あやめと、子守りのすずに最後の場面の、貝を拾わせる情景はまだ考えてませんでしたけれど、あそこもくり返し考えて、浜辺の、ちょうどいまごろですね、春の潮が……。貝たちがたくさん出てくる大潮の時、貝たちも太ってるんですよね、海草も。穀物がなくなってしまってて……。

鶴見　シジミが目を開いてお話するって話が、どっかにあった。それを思い出す。

石牟礼　それで、やっぱり残すとすれば子供がいいなと思って、それでおかよを実家に返して、子守りのすずをつけてやったんです。すずという子には、そうとう比重をかけています。子供を書きたかったんです。それですずちゃんが一生あやめちゃんを見てゆく。昔の子供はけなげですから、いまの子たちと違って。自分に与えられた役目というのは果たしますからね、使命感をもって。いまの世相も見ながら、そういう子が昔いたんだと。やっぱり書きたかったんです、子供のことを。それで全部いちどきに死んでしまうんだけれど、やっぱり逃がしてやった子供はちゃんと生き残っていくんだという希望を持たせたくて……。女の子が二人、子守りの女の子と、おじいちゃんもおばあちゃんも両親も死んだということをまだよくわからない女の子、その二人を浜辺にゆかせて……。そこに来合わせた幕府方の主な人物と自然な交流をさせたいと念ってまして、この本、最初は鈴木代官を主にして書こうと思ってたほどでしたから、やっぱり登場してもらおうと思って、なかなかいい人だったみたいですから。それでやさしい詩的場面にしようと思って、それで鈴木代官、最後まで、原城が落ちたあとの天草の復興に力をつくすんですが、その仕事の合間に村々を見て廻って感慨も深かったろうと思いましてね。春のゆたかな渚を通ったりして、この人は六十六歳で自害するまで武士社会の中に生きてきて、かなり有能な行政家で仁愛ぶかい人物だったと思われるのですけれど、この乱の現場に役目とはいえ、近代兵器を持ちこんで、決定的な幕府方の勝因をつくった。それがそのまま目のあたりに、いわゆる賊徒側の女子供たちの死にざままでつぶさに視る立場になった。そのことで、この人物の心に、はげしい変革が起きたんじゃないか。和子先生の「内発的発展」ととらえてもいいんですけれど。幕藩体制の機構の発想にない動きをこのあと行ってゆくんですから。虐殺の現場に立って、おおいなる促しを受けたと思うんです。権力の側からでなく、死にゆく者たちの魂から、アニマたちから。あまりに残酷だから、やさしい終わり方にしたかった。なるべく残酷にならないように書きましたつもりですけれども……。

鶴見　いや、とっても美しいのよ。

石牟礼　全員殺されるわけですから。美しく気高く書かないと、私自身がもたないんですよね。

鶴見　おかっつぁまからいただいたすばらしい装束で、天草四郎が絶食してたために目が見えなくなって、それで敵の弾に撃たれて、その時におかっつぁまがそこへ入ってきて抱きとめる。それはあたかも聖母子像のようであったと書いてある。あれは胎児性水俣病患者で、とくにその代表というか、象徴としての上村智子ちゃんとお母さま、あの二人はユージン・スミス◆の写真で有名になった聖母子像で、それが後に乙女塚◆になったけれど、あれをほんとにはっきり思わせる姿なの。あの聖母子像はどうしてあそこにあるかっていうこと、この『アニマの鳥』の中で。

石牟礼　四郎の最期というのは、首をとられたことは記録に残ってるんです。生きてるのをはねられた。原城内に四郎の寺があったんですが、最後に炎上した時に、細川藩の武士が、燃えてる四郎の館の中に入って、燃え落ちようとする時に倒れてるだれか、絹物を被せられて横たわってるだれかがいて、それがちょっと動いたもので、反射的に首をはねて、四郎と知らずに首切って下げて飛び出してきたら、すぐ燃え落ちたという。実録はそうなんです。そして四郎と同じぐらいな年ごろの首がたくさんあったそうです。だれも生きていた時の四郎を見たものはいませんから、松平伊豆守が四郎の母親と姉を呼び出して、首検分をさせたんですって。そしたら、いまお話しした場面の首がどうも四郎の首だったと。お母さんとお姉さんが頑強に、四郎はここにいるはずはないって、もうルソンか天竺の方へ行ってしまったからって、言ったそうですけれど、でもその首見たら泣きだしたそうです。だれか女がそばにいて、泣きすがったそうです、その細川藩士の足元に。それをも無造作に切って捨てて、いらざることをしたって、その武士が書いておりますが。だれか女性がそばについていたに違いないんですね。絹を被ってふせっていたというのは、けがをしてたんでしょうね、きっと。その女性をおかっつぁまにしたんです。

鶴見　それでその聖母子像というのは、あれはやっぱり水俣の胎児性のことを考えてらしたの。

石牟礼　いえ、それは考えてませんでした。

鶴見　聖母マリアの像のことを考えていらしたわけ？

石牟礼　マリアというよりはもっと、言葉にすれば聖母子ですけれど、女性の中の母なるもの……、血縁はないですよね、おかっつぁまとは。ある理想的な姿として、やっぱり女性の中にある……。

鶴見　それで、これからも続いていくということを表したかったのね、あそこに。それであやめがでてきて、続いてますよということが現実になってる。

◆**ユージン・スミス**（Eugene Smith）一九一八〜七八年。写真家。一九七一〜七四年まで妻アイリーンと水俣に住み、撮影活動を展開。アメリカに帰国後、七五年にＨＯＬＴ社より英語版の『ＭＩＮＡＭＡＴＡ』を出版。この前後に日本各地で写真展を開催。日本語版は八〇年に三一書房から出版された。

◆**乙女塚**　鹿児島県と接する水俣市南部の神ノ川地区にある。水俣病で犠牲となったすべての生き物の霊がまつられている。一九八一年五月に建立された。

石牟礼　はい。私自身がやっぱりその生き残りであろうと……。

鶴見　そうなのよ。石牟礼道子さんは生き残りなのよ。血筋なのよ。わかった。聖母子像がなんででてくるかっていうことを……、とってもショッキングな、ほんとに美しい。

石牟礼　そうですね、天も地も声を失っている炎の中ですからね。

鶴見　だから全滅してもまだ生きつづけるものがあるんだぞっていう感じね。

石牟礼　もっとも凄惨な極相の中で、どういう姿を人間はとりうるかと思ったんです。だから『アニマの鳥』は崇高な姿にして終わらせたかった。女系が、どうもちょっと強くですぎたかなと。

鶴見　柳田でもそうよ。みんな母子像なんです。大地母神なのよ。マリア信仰というのはそれなんですもの。それは古代からずっとの信仰だから、それがあそこへでてきたのでびっくりしたの。だから美しい結末なのよ。全滅したんじゃないと思う。たとえば大江健三郎の『燃えあがる緑の木』(新潮社、一九九三年)、あの第三部の最後は、やっぱり母子像。そういうものなの。それは当然。そしてね、最初から終わりまで全部、子供がいる。子供がでてくるといいんだ。四郎がでてくる時に、すずが「赤い空からよか人が舟に乗ってきた」というでしょう。あそこのところと、それから曼珠沙華の白いのを捧げるでしょう。あそこらへん、とってもきれいよ。

石牟礼　四郎はあんまりカリスマのように書きたくなかったんです。生身の少年にしたかったんです。

鶴見　そうそう、生身の少年、十六歳だものねえ。

第11場　国を超えるアニミズム

魂は循環の中に入る

鶴見　これは私、ずっと一つの疑問なんだけれど……。こうなの。人間は死んだら魂はどこへ行くか。私はあの歌にあるように、もう一つの宇宙にちりひじとして行ってしまうと思う。

　斃れてのち元《はじ》まる宇宙耀《かがよ》いてそこに浮遊す塵泥《ちりひじ》我は　（『花道』六六頁）

石牟礼　宮沢賢治みたいですね。

鶴見　ちりぢりになって……、そして巡回して、そしてまた違う形になって、ちりひじがいっぱいある。そういうのがまた一つの形をとって来る。だからそういう意味で遺伝子、ＤＮＡは続いていく。だけど、こういう形ではもうない。ただその一部分は残る。その部分として、ちりひじとして。だけどちりひじは生物じゃないからね。それが凝集して、また新しい生物ができる。私はそう考えてる。

石牟礼　和子先生が玉野井芳郎◆先生のお書きになった論文をもとにして、エコロジーとエントロピーをつなげて考える考え方、あのへんが私、たいへんおもしろいと思っていて……。エントロピーはなんかむずかしそうなんだけれど。

鶴見　循環よ、あれは。だから私も循環の中に入る。

石牟礼　はい。それで遺伝子の行方というのは非常に興味があるんです。しかしクローンのようなものじゃないんですよね、イメージできるとすれば。クローンのようなものじゃなくて、なんかいいイメージが……。

鶴見　クローンじゃない、それは違う。いろんなのがあって、それがまた一つの形に凝縮していく。

アニミズムは多元的

鶴見　私がアニミズムというとね、アニミズムといったら天皇制ですよっていうような人がいる。だけどそういうものじゃない。超えていくのよ、国を超えていくものがアニミズムの思想だと私は思ってる。それがこの『アニマの鳥』の中に非常にはっきり出てるし、水俣闘争の中に順を追って現れてくる。この二つは形態的同一性というか、対応してると思ってる。というのは、川本輝夫さんがカナダへ行って、カナダ・インディアンとわれわれとは運命をとも

◆**玉野井芳郎**（たまのい・よしろう）一九一八～八五年。経済学者。マルクス経済学および経済学史の研究から出発し、近代経済学および比較経済体制論の研究を経て、一九六〇年代後半から広義の経済学を積極的に提唱するようになり、地域主義や生命系に立脚した理論体系の構築を試みた。エントロピー学会の設立に貢献。

にしてるんだな、同じ問題で苦しんでいるんだな、だからこれは地球的規模の問題だということがはじめてわかる。それから浜元二徳さんがアジアの方々の国へ行って、やっぱりインドネシアでもこの問題があるんだな、日本の企業がたれ流しして、水俣病を運んでるんだなということがわかって、それで「アジアと水俣を結ぶ会」というのをつくるわけでしょう。

だからみんな国を超えていく。その国を超えていくというのが、もうすでに十七世紀のこの天草の乱の中にも、道子さんが描いてる中にもあるということが驚きなの。幕府というのが国でしょう、国家権力でしょう。それを超えて、もう一つその上のこの世というものを考えた。だから国を超える思想というのがアニミズムの中にあると、そういうことが言えるんじゃないか。水俣の中にあるし、天草の中にもある。それはなぜかというと、人間と自然とともに生きる一体感というのは地球規模の問題で、国なんていうものに閉じこめられる問題じゃないでしょう。だからアニミズムの中に国を超えるアニミズムという、そういう可能性があるということが言えるんじゃないの?

石牟礼　そうですね。なんといいますか、私たちの意識のあり方はまぎれもなく近代の精神構造に汚染されていると思うんですけれども、やっぱり近代人ですよね、そういう意味では。だけどその近代人の、私があこがれをこめて思いますのに、アニミズムというふうに分類して考えるようになったのは、ここ最近ですよね。近代に入ってからですね。その前は、この時代の人たちというのは……。

鶴見　そんな言葉使わない（笑）。

石牟礼　そうですよね。神話の時代から、上古の各民族は神話からはじまりますよね。国家の原型のようなのも。この人たちは近代国家を知らないし、私たちが考えているような近代の国家というのは知らないでしょう。何かかすかに痕跡があるとすれば、たとえば『万葉集』の時代とかは文字で残ってて、下れば公方さまや幕府があったわけだけれど、やっぱり私たちがいまの国家にしっくりとは馴染まないように、この時代の人たちも馴染まなかっただろうと思いますね、下層の人たちには別世界で。そうすると、虫を神様にして拝んだりしますでしょう。それを今はアニミズムといって分類するんですけれども、神話の時代ならばとっても自然で、だから当然国家という枠はなくて、律令制が出てきても国家を知らないというか。国家以前で、知らないから平気で通過するというところがございますでしょう。だから今度は現代の中に神話が創れるだろうかって、いま思ってるんですけれども、時代が下ってきてますしね。緒方正人さんたちの考えてしてることや、杉本栄子さんたちの考えていることというのは、あの人たちも運動の中に入ってたこともおありですから、時々、私たちと同じような言葉を使ったり、サービスで使ってくださるんですよね、茶目っ気で（笑）。漁の仕方を見てたり聞いてたりすると、魚たちと……、どっちが魚だろうかって（笑）思うことがあるんですよ。感受性の鮮度がいいんです、とびっきり。しかし人間のシャバに帰ってくると、非常にたくましい生活者だし、私なんかそういう意味では、ものを書いているからなおさら生活者としてはもう失格もいいところ。生活の管理を自分で出来ない、われながら妙な人間だと思います。こういう物語を書くといくらかその中に自分を委ねておりますから、どっちかというと、生ま身の方が疑似的な世界にいると、私思うんですよ。和子さんのお歌にも似た世界がでてますね、仮の世というようなお気持ちが。ものの気配が鋭く感じられるとか……。

鶴見　いや、こういうふうになったからよ。その前は「感受性の貧しかりしを嘆くなり」ということがある。元気な時は全然こんな感じはなかった。

感受性の貧しかりしを嘆くなり倒れし前の我が身我がこころ　（『花道』八頁）

石牟礼　でも、人間の可能性というか、生命というのは、ただ生きてゆくだけでも、大変ですけれど、ある種の受難というのは、魂をめざめさせていくんですね、きっと。

鶴見　そうよ。どうしてかっていうと、元気な人は感じない。元気だから、なんでもふっとばしちゃう。雪が降っても、雨が降っても、風が吹いても、全然自分のからだに関係ない。心には全然関係ない、そんなの。どこへでも行っちゃう。嵐の中だってへっちゃら。ところがこういうからだになると、もうその日で足の状態が違う。だんだんよくなるとか、だんだん悪くなるというのは全然ない。その日の天候によってこの足はご機嫌悪くなったりよくなったり。この足の感じというのは、この宇宙の気圧とか温度と連動してる。だから人間はこういうふうにして生きなきゃ生きられないものだということを、はじめてこういうからだになってわかる。

いままで全然わからなかったもの。私はとくに健康優良児ですもの。健康な人というのは何も感じない。だからこういうふうになって、感じるようになった人生を最後に数年間おくることができたのは、やっぱり天の恵みね。アニマ、魂なんていったって、どこにあるんだか、なんだかわからなかったもの、言葉だけよね。不思議よ、ほんとに。だから水俣の人があいうふうになってから感じることというのは、大変貴重なものだと思う。私も同じですものね。運動神経が全然だめになったんだから、水銀で運動神経がだめになったのと非常に似てる。

もう一つうかがいたいことがあるの。それはアニミズムという言葉を使うと、なんでもアニミズムになっちゃう。つまりすべてのものが魂をもってる、人間が魂をもっていると同じようにすべての生き物、生きてないものも魂をもってる。だから人間は、あらゆるものを魂をもっているものとしてあつかわなきゃいけない、まじわらなきゃいけない。それがアニミズムだと、そういうふうに定義するけれど、そうするとひどく一般的になっちゃう。

それで、アニミズムというのはいろいろある。日本のアニミズムなんかないと思う。水俣のアニミズム、山形のアニミズム、岩手県の遠野盆地のアニミズムというふうに、それから沖縄の先島のアニミズム、一つ一つ自然環境が違えば、それぞれ違うアニミズムがあると思う。そのことをどうにかして明らかにしてみたいと思うんだけれど、道子さんは、水俣のアニミズムあるいは天草の不知火海沿岸のアニミズムというのは、どういう特徴があると考えていらっしゃるの？

石牟礼　そうですね。風土によって違いますよね、たぶん。生きてる人たちもですけれども、気配ですよね、アニミズムというのは。なんの囚われもなく心を交わしあえる根源的でひろやかな世界。その気配を人間は感じるわけですから。だから人間に理解しやすい、親しみやすい感じであると思うんですよ。天草の方に行ってみて、いまはもうそうでもないんですけれども、私の小さいころ聞いた天草の言葉というのは、声の出し方も、抑揚も、歌うような声の出し方でございます。それで声音も、にぎわっているような気配を歌ってるような、その歌を歌うという声も、いまの若い人たちが、鳴り物入りでいう雑な声の出し方、舌の上だけで声を出してるようなのと違うんですね。可憐な、遠慮深いような、しかし天の上の方に向けて声を出すような、ものやわらかさがあったという気がするんです。物陰からそっと片頬だけ出してすぐひっこみたがっているような、慎しみ深い、しかしある時は雀たちが集まっているようなにぎわいとか、喜び事があってそれが交り合ってゆく感じはあの、上古の頃のと、よ、む、というのを連想するんですが、ものの気配が満ち満ちているのと、雑音、騒音が交り合っているのとはちがいますでしょう。

鶴見　一つの言葉を発するとそれがすべてを覆ってしまうということをしないようにするにはどうしたらいいか。そうすると一つ一つの言葉を、ここではこういうふうにこの言葉は感じとられて、同じ言葉がここでは違うふうに通用して、ということをいちいち言っていかなきゃならない。さしあたって、私は内発的発展論ということを言いながら、アニミズムというものが基層にあると言おうとしてる。そうすると、アニミズムというのは国家単位では、日本のアニミズムなんてのはないと思う。それは大きくは地球単位であるとか、宇宙単位であるけれども、いまこの世に生きてる人にとっては、生きているその地域、という言葉もよくないけれど、そのところ、そこのアニミズム。そうすると南の端のアニミズムがある。水俣は端じゃないけれど、本州からいえば南だわね。そうして山形とか秋田とか、本州からいえば北だわね、その先に北海道がある。そういうちょっと大きな塊で考えた、その地域のそれぞれのアニミズムというものは、それぞれ特徴をもってると思う。それを明らかにしていかなければ日本文化とか、日本人の宗教とか、そんなことは言えないと思う。国家単位でものを考えると、どうしても狭いナショナリズムになって、国家が中心になっちゃう。そうじゃないと思ってね。そこで、さしあたって私がいくらかつきあっていただいている水俣と、柳田の『遠野物語』を通して教えていただいた遠野の、北の方のアニミズム、これを比べてみると違う。だけどどこが違いますかと言われると、まだ私にははっきりわからない。それで道子さんがすごく貴重な人なの。天草の海に浮かんでいる島々のアニミズムと、東北の山深いところの盆地にある遠野のアニミズムと、どういうふうにつなぐかということを、これからもう少し深めてみたいと思ってる。

『アニマの鳥』を拝見して、私なりにわかろうとしてることをいくつかわからせていただいた。これは道子さんの仕事なの。だけど生身の道子さんはどう考えているんですかと聞きたいんです。生身の道子さんと、道子さんの書いたものは違うのよね。一人一人、ものを書いてる人の本を読んで、その人を理解するということはできない。その人が信じてもいないことを書いてる場合がある。とくに学者はそうなの（笑）。人が、ひとのところへ行って調べて書いてるから、この人はこういうことを信じてるんですよって書いてる。自分はそれを信じてない。そういうのは困るのよ。道子さんは、この中に書いてあることを信じてるんですかって聞いてみようか。これ道子さんだなと思うところが、たびたびあったの（笑）。これは天草の名もなき人々と書いてあるけれど、道子さんじゃないかなと思うところはあるけれど、それがすべてではないわけ。

石牟礼　すべてではないですけれど、まあ、大事なところはやっぱり自分が出てきますね。

鶴見　それで安心した。じゃあ、これを通して道子さんの考えている天草のあの地域の人々のアニミズムということを引き出してもまちがいではない？

石牟礼　非常に恥ずかしいという感じがしますね。あまりに露骨に自分がでてやしないかと思って。

鶴見　いや、露骨にでてる（笑）。というのは、これは天草の中に水俣闘争を深く沈殿させてる。そのために水俣闘争について私が理解してるよりも、これを読むことによって、天草の乱がわかったんじゃなくて、それが不思議なのよ、水俣闘争がわかったの。そういう不思議な本。私、時々笑いたくなっちゃうところがある。ああ、あそこに書いてあったのがここへ出てきたなというようなのがある。患者さんの言葉も入ってるし……。これは天草四郎が読んだら、びっくり仰天するわよ（笑）。

石牟礼　ねぇ、どういう少年だったんでしょうね、ほんとは。幕府軍の、直接にはだれも見てないんだけれど……。追討軍の方では直接会って話した人はだれもいないけれど、うわさが聞こえる。落人たちが白状している、その崇敬の仕方はただならないって。ほんとに天使と思ってるって、その落人たちが。出は日向の豪族かなんかでね。

鶴見　ああ、豪族ね。なにしろ大変な家よね。それで商売と学問と両方を習わせて、商売を習わせようということなんでしょう、あのおかっつぁま。

石牟礼　そうですね。キリシタンだから。お父さんも商売も習わせようと思ったんでしょうね。キリシタンでは仕官はできませんから。だけど商売は身につかなかっただろうと思いますね。

鶴見　水俣闘争には天草四郎はいなかったけれど、たくさんの尊敬される人物を生み出した。それがすごいと思う。一人の人に集中してない。御大将なんていない。この人が御大将だと思う人がいても、またこっちにはその人はだめ、こっちが御大将って、いろいろな御大将がいたから。あれがおもしろい。

石牟礼　そうですね。日本の隅々、今も、辺縁地帯とか、周辺部とか、それから大都会の狭い、いまは長屋もなくなったでしょうけれど、下町の植木をかわいがっているような人とか、そういう人たちの中に、どういう資質がひそんでいるか、どういう魂がひそんでいるか……。

そこにある種の電磁波かなんかかければ、何が飛び出してくるか……。

鶴見　ほんとよ。だって浜元さんとか、川本さんとか、ね。普通じゃない。普通の人だけれども、すごいもの、アニマが。緒方正人さんもね。

石牟礼　いままたあの人も倒れています。具合が悪いんです。ハイの状態でよくなる時と、落ち込んで、からだの具合いも悪くなって、時々ケイレンがくるみたいです。元気な時は普通の人よりももっと元気そうに見えますけれど、いまは声にも力がないです。

鶴見　でも、川本さんが亡くなった時のテレビの顔は、とってもいい顔だった。

石牟礼　一度、方針のことで大げんかしてますから、なおさら気持ちがね、深いのです。

鶴見　川本さんが亡くなられたとき、こんな歌を詠みました。

はげしさの底に秘めたる限りなきやさしさを思うテルオは逝きて
川本は生きつぐといいし漁夫《いさなとり》緒方正人の日焼けせし顔

（『花道』一一七頁）

天草の乱の原城で死んだ人たちの魂が三百年を経て水俣に生き継がれたように、水俣病闘争で倒れた人たちの魂は、未来に向って生き継がれるのだと思います。そのためにも道子さんのお仕事は大切な遺産になると信じます。

石牟礼　いわゆる学術論文というものを読ませていただく時に、その方の人格にふれるわけですけれど、やっぱり人間的な深みというか魅力を探すんですね。幼い頃から学者さんに憧れてまして、念願の和子先生にお目にかかれ、得がたい促しを受けています。

鶴見　遠いところまでよくおいでくださいました。

石牟礼　どういたしまして。お目にかかれてとてもうれしゅうございました。

鶴見　それで水俣の皆様に、どうぞ、私の思いをお伝えくださいませ。

石牟礼　はい、よくよく承知いたしました。

鶴見　皆様から学ばせていただきました。ただただ感謝でございますと言ってください。

石牟礼　はい。

鶴見　これからも生きてるかぎり学ばせてくださいって。

石牟礼　まあ、私の方こそ深い深い宇宙に共に居させていただきました。得がたいことでございます。これからも、離れておりましても、心は共にと願っております。有難うございます。

〈石牟礼道子に聞く〉白い蓮華、鶴見和子

〈聞き手〉能澤壽彦

――鶴見さんとの出会いは印象的だったと思いますけれども、魂入れの話などもふくめてお願いします。

何期目だったのか、『思想の科学』の発行のことで、弟さんの鶴見俊輔さんが熊本にいらしたことがあって、たぶん谷川雁さんたちと下話があってのことだったのか、地方の読者のあいだで編集の持ち回りをしたらどうかというお話がありました。それで『思想の科学』で、当時、林竹二先生という方が田中正造さんのことをお書きになっておられて、そのグループの特集号が、栃木県の研究グループで出された。足尾銅山や谷中村における、「田中正造特集号」で、私、いまも大事にとっているんですけれど、そのあと、熊本のグループでやらないかって言われて、それで渡辺京二さんが中心になりまして、私もよびかけられまして、特集号（一九六二年十二月号）を組むことになったときに、ぱらぱら『思想の科学』を読んでいましたら、近代化理論を再検討する試みというのを、ただ項目だけですけど、活字の予告で見ましたんです。鶴見和子さんのお名前がありました。

おやっと思って……。私、その以前から、いわゆる識者たちがいう、日本近代というのはなんのことだろうと思っていました。予備知識もなく耳なれませんし、何しろ田舎の一主婦で一歌詠みで、本屋も知らないで、地方にずっと私はいるわけですが、自分の周りの世の中の進み方が納得がいかないなとずっと考えていまして、それは終戦前からですけれど、まだ十代の半ばぐらいから、戦争についても疑問が深くて……。代用教員になりましたこともあって、子供たち、いわゆる少国民に、聖戦の意義を教えなきゃならないという文部省の方針が下りてくる。それが気持ちにひっかかっているうち、若者たちが全部村からいなくなっていく。農村の、個々の生活も田畑も疲弊していく。それから食料ももちろんなくなるし、物資もほんとに欠乏して、あわれな姿で子供たちが学校に来ますのに、教室で何を教えるのか。この戦さは聖戦であるから、日本は東洋の盟主で、指導的な立場でなきゃならないと。当時は支那といってましたけれど、日本の方針に反対する支那をやっつけて、勝たなきゃならない戦さであるというのを教えなきゃいけない。そういう立場にもちろん教師は立たなきゃならない。じつに不安なんです、わたくしは。立つべき足場がふわふわで、自分がまだ十代だということもあって。

それに非常に抵抗をおぼえていまして、そのことを相談する相手もいませんし……、校長先生にちょっと言ったことがあるんです。どういうことかよくわからない、方針が立ちませんと言ったことがあるんです。イギリスの捕虜なんかもその村に来ているし、朝鮮の言葉を非常に侮蔑的に使って、「朝鮮桃太郎」という劇を、踊りでやってみせる教頭先生がいたりして、私、そういうことにとても悶々としてました。朝鮮の人々は濁点、ガギグゲゴが上手にお使いになれませんで、その先生は語りの中に濁点を抜いて語って、背広の後ろにものさしを入れて桃太郎の陣羽織にして、宴会の時に教頭先生がそれを語って、舞うんですね。非常に、なんというか……。それで校長先生に、いまの桃太郎のようなあんなのは、子供にも教えるんでしょうかってきいたことがあるんです。そうしたら、かわいがってくれていた校長先生ですけれども、「吉田先生（石牟礼道子の旧姓）、そういうことは、けっして外の人に言うもんじゃなか。わしが聞いたけんよかったが、いまから先は絶対口にしちゃいかん」「どうしてでしょうか」「あかじゃ、国賊と言われるぞ」と。そういうことがあって、私にとっては思想的なことを考えはじめる原点ともいえますが、銃後の民というのはそんなふうで、もう教育の現場からそんな状態でございました。

まだ十代で、そのことが私が近代を意識的にみるきっかけでした。悶々とそういうことをかかえて、ずっとそのことを柱にして世の中をみていくと全部疑問だらけ。とにかく農村が疲弊していくというのが一番つらい……。身の回りにどんどん男の人がいなくなっていって、戦後になっても人がいなくなっていく状態が続きます。農漁村の働き手は炭鉱に行ったり、「三ちゃん農業」、「母ちゃん農業」と言われてまして、農村がそんなふうに変わっていく。それで近代という言葉も目につくようになって、こんな状態をいうのかなと思っていたんです。しかしそのうちに高度成長というのがはじまるんですが、農漁村が疲弊していくのと、当時の近代的な産業、石炭産業をふくめて、どうも深いつながりがある。資本の方に人間まるごと、連れていかれてしまう、そういう農村の実態のなかに、身をおいていてわかるのですけれど、この国の政治だけでなくて、言葉とか絵画とか、音楽とか、つまり文化の質がどうも変ってゆく。思想とは何だろうと考えるようになるんですけれど……。

ですから私はとっても切実にそのことを考えて、だれにも言えないでいた時、学者たちが近代を考えなおすといっているらしい。私のような者でさえ十代からかかえこんでいることだから、ちゃんと考えている学者さんたちがいるはずだ。何と有難いことかと、その時強く思ったんです。どなたが、なぜ、近代化理論というのを検討しなきゃいけないと考えはじめられたのか。検討するというからには、近代化に対する理論を組み立てていく過程があったんだろうと思ったんです。それをしかも再検討するということがはじまっているらしい、東京で、学者さんたちの中で。まだ見えない、知らない、学者さんたちのグループというのが幻として現れたんです。

そして熊本に俊輔さんがいらっしゃいました。それから鶴見姉弟がおられるというのを知る。まだ谷川雁さんと健一さんの兄弟が水俣に時々帰ってきておられたので、その時におじゃましますと、さかんに柳田国男とか、折口信夫とか、南方熊楠とかというお名前がでてきて、どうもその人たちも近代に対してなんらかの思いがあるお人らしい。それまで私は読んだこともないんですから。ほんとうに学校教育も受けておりませんし、本屋さんもほんとうにないといってもいい町で、水俣にはございませんから。書店に行って本を開いてみるという経験もございません。

それで符丁のように、柳田国男というのは何をする人かしらって。折口信夫は釈迢空という名前で短歌を書いていた人ですので、短歌をつくっていた私は、釈迢空の短歌を知るんです。南方熊楠さんは名前の読み方もわからない。でもなにかとんでもない学者らしい、と思っているんです。で根掘り葉掘り、あんまり私が雁さんにたずねると、たずねる方法もわからないでたずねるんですものね。それは幼稚で、いまも幼稚ですが、「君はぼくのことを、百科事典と思ってやしないかい」って雁さんに言われて。百科事典というのもまた知らないんですよ、見たことがなかった。

そういうことをずっと考えながらつかめないでいるんです、近代化理論ってなんだろうって。活字でまだ読めないんです。手元にありませんので。そうするうちに和子さんの話もでてきました、鶴見姉弟って。それでなにか雁さん一流の考え方で、どうやらたいそう評価している女性というふうに聞えました。お名前を聞いたときはそんなことで、俊輔さんにお目にかかった時は、ほおー、学者の姉弟っているんだって内心思ってた。学者というのはもうたいへんめずらしいんですよね。見たことがないですから。雁さんは詩人で学者でもあったんでしょうけれど、ほかの学者を見たことがない。そもそも、生物としての学者さんって。失礼かもしれませんけれど、めずらしくて早くみたいと思っていたんです。

それで水俣に関わることになって、これは近代化の実態だと私はずっと思っていた。しかし私は頭がおくれてて、本も読んでないから、近代化を再検討しているというその試みを、まだ実際には全然わからないんですよね。再検討するというからには、何かがもとにあって、それを内側からずっと検討していくんだろうなと思って、私のいま手ざわりにある、そういう実態と、学者さんの理論というのを突き合わせてみたら、なんとか近代化という意味も、再検討しなきゃいけないという意味も、わかるに違いないと思って……。

それから患者たちが無実の罪で逮捕されたことがありまして。警察ではチッソの側はちっとも逮捕しないんですけれど、なぜか患者の方ばっかり何かにつけて逮捕する。それで牢屋から連れださなきゃならない緊急事態が起きました。あ、この時だと思って、助けに来てください、水俣はこうなってますって。『思想の科学』を中心にする学者グループに、まず色川大吉先生にお声をかけて、来てくださいって、こういうことになってますから、と。ともかく、いま思えば、川本輝夫さんとか、緒方正人さんとか、それからほかの患者さんもですけれども、逮捕されて拘留されてます。来てくださいって緊急発信をしたんです。来てくださいました。それで声明を出してもらって、助けだすことができたんです。

その時に色川先生に、大変助かりましたけれど、水俣のことは学問的にみる意味があると思いますと申しあげたんです。海のこともあるし、山のことも、百姓のことも、漁師さんのことも、いままで学問的な眼でみられたことはないので、来ていただけば、日本近代とは何であったかという目でみればここは学問の宝庫ですって。先生方にもけっしてむだにはならないと思いますって。ここには宝が埋もれてますから、来てくださいませんでしょうかと。総合学術調査という眼で、そういう方法で、この水俣病の状態を、実態をすくいあげてみてくださいませんでしょうかってお願いしたんです。そうしましたら、幸いなことにお仲間に声をかけてくださって。鶴見和子さんがその中におられるらしい。市井三郎さんという方もおられるらしい。その方々が来てくださることになりまして、それが最初のそれで、もう大変うれしゅうございました。

ですから、学者さんが水俣に来てくだされば、水俣の人たちも喜ぶだろうという思いが、私はもちろん一番喜んだんですけれど。それが最初の出会いです。

水俣では何かをはじめる時、小さな何か、今日はあそこの石を掘り出そうかとか、今日はあちらの田の神さんをこちらの田んぼに移して、田の神さんをお移しするぞというような時には、祟りがないように、まず自分たちもふくめて、あっちからこっちに移っていただくについては、こっちの田を管理していただくための魂をお移ししなきゃいけないので、田の神さんと自分たちに魂入れをする。その時、一杯御神酒をさし上げて、ちょっとご馳走を作ってお供えする。そういうことをしょっちゅうやっているものですから、よしよしと思って、調査団の先生方に、魂入れを、ご馳走もいたしますというお招きの言葉をお伝えして、来ていただいて、大変盛り上がりました。先生方はそういう土俗的な風俗でおもてなしをしたのが大変印象深かったとみえて……。魂入《たましい》れっていうんですよね。魂を入れる。今日は魂入れしようかって。何か、語呂があいまいですから、魂入《たまい》れってお聞きになったみたいで……。それがほんとに第一回の顔合わせでございました。

そのあとはなんべんも来てくださいましたから、ごいっしょに天草に旅行をしたりしまして、そちらの方も調べていただいて、櫻井德太郎先生などは大変喜ばれて、天草でまた盛大な魂入れを、先生方もその催しを喜ばれるようになりまして、お宿でそういうことがありました。その時、櫻井德太郎先生は、ぼくは佐渡おけさを踊りますっておっしゃって、旅館の浴衣にタオルを女被りにして、大変かわいらしい佐渡おけさを踊られました。和子先生がその時ぱっと立ち上がられまして、あの方はものを言われると、パァーッと花の香りが広がるような、色も何かそこに匂いでるような、会話も雰囲気もなにか匂うような感じになって、あれは何という舞踊だったんでしょうか、じゃあ、私も踊るわっておっしゃって……。ほんとにパッと蓮でも開くように、蓮か芍薬か開くような感じですね、踊られました。私も弟子入りしたいと思って、お弟子にしてやるとおっしゃってくださってたんですけどね。時間をつくって、弟子入りしにいきたいなと思っているうちに病気になられて……。何とかという、道成寺の踊りを教えると、おっしゃっていましたが、もう習うことはできませんで、もうちょっとお元気になられたら、こんなふうにしろっておっしゃれば、私だって稽古しようかといまでも思うんですけれどね。

お育ちのなかにいい意味の、いまはほんとに最後になった、日本の山の手ふうのインテリにあった教養と一種の華やぎみたいなのが一番いい形で和子先生の中に入っていて、それを目のあたりにすることができました。学問もあの明晰な文章、分析力、文章力をお持ちになった方が、あの華やかさと裏打ちになっていて、私も和子先生に会うと気持ちが引き立つんですね。「わたしょってる?」なんて少女のよう。あれでなかなか「おきゃん」で、それがとても魅力です。それで夢から覚めたようになってあのお姿を思い出すんですよ。そういう存在でいらっしゃいます。お年を召されてからも、ちっともそれぞれ失せてない、今度お目にかかって、そのように思いました。ざっと言えばそういうことでございます。大変助かっております。

――最後に、石牟礼さんにとっての鶴見和子さんのイメージを一言。

なんていうか、空と海のあわいからただよってくる白い蓮華というか、そういう感じですね。その蓮、古典的な花びらの中に、強い生命を持った精霊がかがんでいて舞い立つような気配なんですよ。

〈対談を終えて〉み後《あと》を慕いて

長い間の念願がかない、思いのたけを聞いていただいた。

ひと言いえば、百も千も通じるお方である。不知火海総合学術調査団の男先生方が、氏も育ちも経歴もまるでちがう二人が話すのを聞いてらして、何を話しているのだか、ちんぷんかんぷんだったとは、何ともゆかいな話である。

たぶん和子先生もわたしも地霊たちに促がされて、わたしはまたことに、出来上らない半端ことばでお返事していて、意識だけが爪立ちし、ろくろ首になってあちこちしていたにちがいない。

なにしろ言葉は先人たちの意識の痕跡だものだから、近代的に進化、あるいは劣化、奇型化をまぬがれえない。それの言霊的祖型をとり返すべく、ご一緒に考古学に似た発掘をしているような歓びがあった。

お伺いしたいこと、そこへゆきたい最終の場所はただひとつ、「近代化論の再検討」という土台のところだった。

そのことにふと気がついたのはさきの戦争末期、昭和十八年くらいで、まだなりたての、小学校代用教員の卵の時代であった。人は何のために生まれ、生きて戦争などするのか、と思ったのがはじまりで、人間の可憐さも醜さも、十代の少女にだってわかったのである。「近代化」などという言葉はまだ知らず、宮沢賢治の「雨ニモマケズ」だけを心の頼りにして生きていたと思う。

対談中に出てくる発足間もない『思想の科学』を知ったのは四十歳近くになってからである。もう水俣のことを十分に抱えこんでいた。「人はなんのために生きているか」「世の中とは何か」そのことを人にちゃんと尋ねることもできないまま、本屋さんもない町で、谷川雁さんに出会い、私の中では脈絡もつかないうちに、鶴見俊輔、和子ご姉弟の名を耳にした。同時に『思想の科学』に何か書けという話が来て、わたしは目に一丁字もない人たちの体験した世の中の替り目のことを、「西南役伝説」として書いた。これが日本の近代を意識的にとらえようとした私の第一歩だった。知識層のいうご維新に対して、庶民のご一新はどうちがったかを、くらべてみたかった。

今度のお話合いでは「アニミズム」をどうとらえるか、ということだった。わたしの感じている近代人と、顔はお義理で近代の中に見せるけれども、意識はすぐ前近代の中に戻ってゆく人々との対比（それらの人たちは、けしておくれてなどいないのである）が大切に思われた。ご質問を受ける中で、わたし自身、「地霊の子たち」という自覚が強く出てきた。水俣や山の奥地の人たち同様、地霊たちの遺民であるとはっきり言おうと思う。平地の民もその遺族だということを意識してよいのではないか。

山も川も海も精霊たちの宿る聖なるところであって、得体のしれぬ化学物質でこれ以上毒まみれにしてはならない。ここを無神経に汚しては、自ら生命の母層を殺すことになる。あらゆる文明論の前に、それをいうべきではないだろうか。エコライフをと軽く言ってもよかろうが、山川草木、鳥獣魚類という生命現象と、伝統的な文化というものについていて、わたしたちはもっと謹しみぶかく、恭くありたい。まだ人にも知られぬうちに絶滅しつつある種が、限りなくあるときく。痛切な念いをこめてお話しあった。それがわたしのアニミズムである。

和子先生の学問への資質に驚き入りながら、勉強させて頂いているのだと、強くおもっていた。柳田國男も南方熊楠も今までよりさらに身近に感じられた。幸福であった。今もそれは続いている。命をかけてこの道をきわめようとしているお方がいらっしゃる。今、目の前のうつつに。

よくお電話をいただく。

「足が疼くから、一生懸命勉強するのよ」

とおっしゃる。

わたしも足腰が疼き目がかすむ。ハリ、灸に通い、テルミーなる治療もして頂きながら終りの日まで、表現は多少ちがうけれども、み後《あと》を慕ってわたしもゆくのである。

二〇〇二年　明後日は桃の節句

石牟礼道子

あとがき

このあとがきは二部に分かれる。（一）は対談のテープおこしができてすぐに書いたものである。（二）はそれからかなりの時間がたって、校正が出てから書いたものである。その間に、いろいろな出来事があった。対談時の石牟礼さんの最近刊の著書は『アニマの鳥』（筑摩書房、一九九九年十一月）であった。したがってこの対談は『アニマの鳥』を中心とした。ところが、その後『煤の中のマリア——島原・椎葉・不知火紀行』（平凡社、二〇〇一年二月）が出版された。そして、これら二つの作品の間には明らかなつながりがある。そのつながりについてのわたしの感想を、すでにでき上った対談の中にもちこむわけにはいかない。そこで、あとがきの（二）としてあらたに書き加えることにした。

（一）

水俣病の調査で水俣通いをしていたころ、道子さんと相対してお話ししてみたいとずっと思っていた。そのことがこのような形で実現して、大変うれしい。しかし、気にかかることがある。水俣調査をしていたころ、道子さんとわたしが話をしていると、調査団の仲間から、「なにをしゃべっているのかわからない」とよくいわれた。

道子さんとわたしは、生まれ育った場所も、生い立ちも、仕事の領域も、すべて違う。にもかかわらず波調が合う。少なくともわたしは、そう思っている。おそらく道子さんが賢くて、わたしに波調を合わせて下さっているのだろう。そこでこの対談も、わたしにとっては、楽しく本心を語りあったと思っているが、じつはそうではないかもしれない。いずれにしても、波調が合いすぎているもの同士の話は第三者には通じにくい。この対談もそのきらいがあるのではないかと危惧する。

しかし、わたしにとっては、この対談は貴重であった。アニミズムについて、その原点がはっきりしたことである。マックス・ウェーバーは『プロテスタンティズムの倫理と資本主義の精神』において、初期資本主義の発達期に、プロテスタンティズムの倫理（個人主義、働き主義、禁欲主義）が資本の本源的蓄積をすすめるのに有利であった点で初期資本主義と親近性があったことを、アメリカのニューイングランド地方の例などを引いて論証した。これは大切な古典的業績である。しかし、高度工業化社会に地球上の多くの社会が入った現在、これから先をどうするかという時代に、プロテスタンティズムの倫理では、公害問題や地域紛争の多発などに対処することはできない。そこで、内発的発展論の動機づけの体系の一つとして、アニミズムをわたしは考えている。アニミズムといっても、地域によって多様であることがわかった。内発的発展論は近代化論のように、国家を単位として考えず、地域を単位として考えるという点でも、アニミズムの地域による多様性に対応できると考える。

内発的発展論の動機づけの体系としてのアニミズムについて、さらに今後の予定している対談の中で考えをすすめたい。

（二〇〇一年八月）

（二）

出版の順序からいえば『アニマの鳥』が一九九九年十一月であり『煤の中のマリア』が二〇〇一年二月である。しかし書かれた順序からみると、『煤の中のマリア』は、一九九一年から一九九九年まで『熊本日日新聞』に「草の道」として連載された。そして『アニマの鳥』は、おなじく『熊本日日新聞』に「春の城」として一九九八年から一九九九年まで連載された。「春の城」は小説であり、「草の道」はその小説の舞台となった天草・島原の地域のフィールドワークの描写である。

そしてこの二つの作品を結ぶものは、一九七一年十二月に著者が水俣病未認定患者とともにチッソ本社前にテントを張って「籠城」したときの体験である。この二つの作品はこのときに著者の魂に芽生えて、二〇〇一年二月に出版という形では完結したが、おそらくこれからも著者の魂の中に長くひきつがれていくのではないだろうか。

この二つの作品をくらべてみると、第一に、『アニマ』（以下『アニマの鳥』の略）はキリシタン文献を著者なりによく読みこんで書かれたすぐれた「研究論文」のおもむきがあり、『マリア』（以下『煤の中のマリア』の略）こそ石牟礼道子作品の傑作というおもむきが強い。そのことを裏付けるように『マリア』の「あとがき」には、次のように書かれている。


読み返してみて、おやと思うのは、小説『アニマの鳥』よりも、素描であるこちらの方〔『マリア』〕に気を入れて仕上げている箇所がままあることである。


第二に、『アニマ』の主人公は原城にたて籠った農民漁民であり、かれらの導師天草四郎である。これに対して、『マリア』は一揆に立ち上った農民漁民を女子どもに至るまでみなごろしにした幕府軍の砲術方奉行鈴木三郎九郎重成の後日談である。この両者の関係が著者の魂に響いたものがわれわれ読むものの心を打つのである。

第三に、このことについて、わたしの感想を述べたい。

それは、『アニマ』と『マリア』とが出版されたそのはざまに起ったできごとにかかわる。二〇〇一年九月十一日にニューヨークで起った「同時多発テロ」とそれに対するアメリカの「報復戦争」は近代化のゆきつくところを象徴するできごとであった。その論理構造を端的にあらわしたのが、アメリカのブッシュ大統領のアメリカ議会でのテロに対する宣戦布告の演説であった。報復戦争を支持するものは善であり、これに反対するものはすべてテロリストを支持するもので悪であるという論法である。つまり形式論理学の排中律および矛盾律にもとづく二者択一の論理である。さらにブッシュ大統領はテロリスト国家として三ヵ国をあげてこれらの国を「悪の枢軸」と呼びこれら諸国への戦争の拡大を辞さないかまえを示している。

これと異なるものが『マリア』の中に描かれた論理である。鈴木三郎九郎重成は、島原の乱後、天草の代官に任命された。

著者はつぎのように書いている。

> その彼〔鈴木重成〕が代官となったのち、天草島民の苦患を憂え、石高半減を上訴して、江戸の自邸で割腹して果てた。……
>
> この武将にとって、天草の乱の真のドラマは、事が終ったかに見えるそのあとから始まったのであろう。割腹したとき六十六歳であったという。……
>
> 春浅い海風に血糊まみれの髪をなびかせて晒し首になった者たち〔原城で惨殺された〕の、いまわの姿に立ち合ったとき、討伐軍側からいえば、無知蒙昧な迷信に

つかれて全滅したともいえる者たちの死にざまから、いわくいい難い気高い人間像が、異教の領域を抜け出して、この代官の心に移り棲んだのではなかったか。その者たちの大切にしていた土地に立ち、縁につながる者たちの暮しぶりに接し、武士社会とはまるで別な倫理のもとに生きている人間たちを、彼は発見したのではあるまいか。

……

天草人であった亡き父が、まだ幼なかったわたしに「天草の本渡には、鈴木さまという神さまがおられる。並の神社とは訳がちがう、位がちがう」と言っていたことを、宮司さま〔鈴木神社の〕のお顔をみたとたんに思い出した。

（『マリア』六五〜六六頁）

著者は天草のいたるところで現在も「鈴木さま」が島民にうやまわれ、親しまれていることを、つぶさに描いている。

これはアフガン戦争の論理とは全く異なる論理である。アフガン戦争の論理からいえば、幕府にとって一揆に加担したものはすべて悪であり、幕府がすべて善である。反対に、一揆に加わった島民にとっては幕府がすべて悪であり、自分たちがすべて善である。ところが、『マリア』に描かれている鈴木重成は一揆に加担して惨殺された者たちに人間としての崇高《けだか》さを感じとり、かれらの末裔を苦患から救おうとして自死したのである。そして、その末裔たちは、四〇〇年を経た今日でも自分たちの祖先をみな殺しにした敵の大将を、神としてあがめているのである。「敵」をひとしなみに悪、味方をすべて善とする二者択一の論理ではない。人間としてひびきあうものがあるかどうかを見分けることのできる共生の論理とでもいったらいいのだろうか。わたくしはこれを曼陀羅の論理と呼びたい。

『アニマの鳥』を中心にして、対談では、「アニミズム」に焦点をあてて、道子さんとお話しあいをしたが、『煤の中のマリア』を、『アニマの鳥』の続篇としてあわせ読むと、アニミズムと共生の論理（異るものが異るままに支えあって共に生きる道）とのつながりが見えてくる。そこから、近代化を見直す視野が展ける。石牟礼道子の文学を、このような展望をもつものとして、わたしは受けとめたい。

最後になったが、この対談シリーズを、石牟礼道子さんとの対話をもって始められたことを深く感謝する。対談シリーズの方向づけとなるからである。

道子さん、熊本からはるばる宇治まで、厳しい寒さの中をおいで下さって、一泊二日のお話しあいに二度もつきあって下さって、心からお礼申し上げます。

またこのように楽しくまた、わたしにとって意味深い対話の機会をお与え下さった藤原良雄さん、厚くお礼申し上げます。

対談の両日のお世話をして下さった刈屋琢さん、ゆきとどいた編集をして下さった能澤壽彦さん、藤原書店の山﨑優子さん、ありがとうございました。

二〇〇二年四月三日

鶴見和子

石牟礼道子（いしむれ・みちこ）

一九二七年、熊本県天草に生れ、水俣で育つ。詩人・作家。二〇一八年歿。一九六九年に公刊された『苦海浄土　わが水俣病』は、水俣病事件を描いた初の作品として注目される。一九七三年マグサイサイ賞、一九九三年『十六夜橋』で紫式部文学賞、二〇〇一年度朝日賞を受賞。『はにかみの国——石牟礼道子全詩集』で二〇〇二年度芸術選奨文部科学大臣賞を受賞。二〇一四年、後藤新平賞受賞。初めて書いた新作能「不知火」が、東京・熊本・水俣で上演され、高い評価を受ける。石牟礼道子の世界を描いた映像作品として、「海霊の宮」（二〇〇六年）、「花の億土へ」（二〇一三年）がある。『石牟礼道子全集　不知火』（全一七巻・別巻一）が二〇〇四年四月から刊行され、二〇一四年五月完結。この間に『石牟礼道子・詩文コレクション』（全七巻）や『最後の人・詩人高群逸枝』『葭の渚　石牟礼道子自伝』『不知火おとめ　若き日の作品集一九四五—一九四七』『石牟礼道子全句集　泣きながら原』（俳句四季大賞）などを刊行。二〇一六年、名著『苦海浄土』三部作を一冊にした大著『苦海浄土　全三部』を刊行。二〇一七年、最後の長編とその取材紀行文ほかを収めた『完本　春の城』を刊行。その他著作多数。

一九一八年生まれ。上智大学名誉教授。専攻・比較社会学。一九三九年津田英学塾卒業後、四一年ヴァッサー大学哲学修士号取得。六六年プリンストン大学社会学博士号を取得。論文名 *Social Change and the Individual: Japan before and after Defeat in World War II*（Princeton Univ.Press, 1970）。六九年より上智大学外国語学部教授、同大学国際関係研究所員（八二―八四年、同所長）。九五年南方熊楠賞受賞。九九年度朝日賞受賞。

十五歳より佐佐木信綱門下で短歌を学び、花柳徳太郎のもとで踊りを習う（二十歳で花柳徳和子を名取り）。

一九九五年十二月二十四日、自宅にて脳出血に倒れ、左片麻痺となる。二〇〇六年七月歿。

著書に『コレクション鶴見和子曼荼羅』（全九巻）『歌集 回生』『歌集 花道』『歌集 山姥』『南方熊楠・萃点の思想』『遺言』、および『鶴見和子・対話まんだら』ほか『邂逅』『「対話」の文化』『いのちを纏う』『地域からつくる』『南方熊楠の謎』など対談・書簡の書籍多数（以上、藤原書店）。二〇〇一年九月には、その生涯と思想を再現した映像作品『回生　鶴見和子の遺言』を藤原書店から刊行。

鶴見和子（つるみ・かずこ）

〈編集部付記〉

本書は〈鶴見和子・対話まんだら〉『石牟礼道子の巻　言葉果つるところ』（藤原書店、二〇〇二年）を底本とした。新版刊行時点に合わせて注の記述を見直し、新たに巻頭に「本書を推す」を掲載した。

言葉果《ことばは》つるところ〈新版〉

2002年4月30日　初版第1刷発行
2024年9月30日　新版第1刷発行©
2025年1月30日　新版第2刷発行

著　者　石牟礼道子
　　　　鶴見和子

発行者　藤原良雄

発行所　株式会社　藤原書店

〒162-0041　東京都新宿区早稲田鶴巻町523
電　話　03（5272）0301
FAX　03（5272）0450
振　替　00160-4-17013
info@fujiwara-shoten.co.jp

印刷・製本　中央精版印刷

落丁本・乱丁本はお取替えいたします
定価はカバーに表示してあります

Printed in Japan
ISBN978-4-86578-435-0